中国散文 60 强

生命是热烈跳动的音符

卞毓方 / 著

北京联合出版公司
Beijing United Publishing Co.,Ltd.

图书在版编目（CIP）数据

生命是热烈跳动的音符 / 卞毓方著. -- 北京 ： 北京联合出版公司，2024. 8. --（中国散文60强）.

ISBN 978-7-5596-7783-9

Ⅰ．I267

中国国家版本馆CIP数据核字第2024VJ9690号

生命是热烈跳动的音符

作　　者：卞毓方

出 品 人：赵红仕

出版监制：张晓冬

责任编辑：李艳芬

特约编辑：和庚方　张　颖

封面设计：立丰天

北京联合出版公司出版

（北京市西城区德外大街83号楼9层　100088）

三河市同力彩印有限公司印刷　新华书店经销

字数150千字　650毫米×920毫米　1/16　14印张

2024年8月第1版　2024年8月第1次印刷

ISBN 978-7-5596-7783-9

定价：65.00元

中华散文的文脉与发展

——"中国散文 60 强"总序

邱华栋

中国是诗的国度，亦是散文的国度。

穿越千年时空，从明清至唐宋，再由魏晋南北朝至两汉先秦一路回溯，汉语言文学中的散文实乃根深叶茂，硕果累累。无论是"唐宋八大家"之雄文美文，还是骈俪多姿的辞赋，以及名垂史册的《史记》《左传》，均为中国文学史上的璀璨明珠。"散文"与"诗"一道，成为中国文学的"嫡系"。尽管，后来从西方引进嫁接技术所催生的"小说"，大有"喧宾夺主"之势，终究还得"认祖归宗"，血脉和基因是无法改变的。

在中国散文流变历程中，曾出现过两次鼎盛期。一次是被文学史家所公认的"先秦散文"时期。其时，伴随着春秋时期的思想解放，诸子蜂起，百家争鸣，一大批散文家以饱满的气血、驳杂的学识和破茧的精神，创造出了散文的繁荣和辉煌局面，对后世产生了极大的影响。

到了"五四"时期，中国散文迎来了第二次鼎盛期。白话文如劲风激浪，吹刮和涤荡着神州大地。沉睡的雄狮醒来了，偃卧的小草开始歌唱。许多学贯中西的进步文人，肩扛文化变革的大纛，冲锋陷阵，掀起了一波又一波的新文学浪潮。《新青年》上刊载的散文，犹如一束束亮光，不但给人以希望，还给人以力量。"五四"以来的散文作品，无论是观念和主题，还是形式和风格，都跟以往的散文迥然不同。最具代表性的，当属鲁迅先生的散文（包括杂文），其刚健、凌厉的文质，疗救了中国散文长久以来颓靡不振、钙质疏流的顽疾。此外，周作人、郁达夫、朱自清、萧红、沈从文等一大批作家的散文创作亦各具特色，呈一时之盛，影响深远。

时代的前行催生了文学的发展，然而文学与时代有时并不同步甚至充满了"张力场"。"五四"的个性解放虽然催生了一批个性鲜明的散文精品，但这样的生态并未持续多久，中国散文的波峰出现了向低谷滑行的趋势。有论者指出，"散文在50年代既是对解放区散文文体意识的放大，又是对五四散文文体精神的进一步偏离。这种放大和偏离表现在个体性情的抒发让位于时代共性或者时代精神的谱写，政治标准优先于艺术标准，批判性为歌颂性所取代等诸方面。"（董健、丁帆、王彬彬《中国当代文学史新稿》）1960年代初，散文创作一度出现了活跃，"专业"从事散文创作的作家群凸显出来，刘白羽、杨朔、秦牧相继登场，迅速成为散文界的三位名家。但他们的作品后人评价褒贬不一，认为其中颂歌式的写法较为单向，这种模式化的写作，不但对散文的建设毫无益处，反而扼杀了散文的个性和神采。

"文革"十年，中国散文更是一片凋零和荒芜，乏善可陈。1970年代末，一些历经浩劫的作家开始复血，解除思想枷锁，重新拿起笔来写作，中国散文才又凤凰涅槃，焕发生机。加之各种文学刊物纷纷复刊和创刊，以及大量西方文化读物的译介出版，更为这些饥渴、桎梏太久的散文作者提供了登台亮相的舞台和瞭望世界的窗口。

1980年代初期，伴随改革开放的热潮，思想解放大旗招展，文化随之繁荣，诸多承续"五四"精神的作家以笔为旗，抒发胸中压抑既久之块垒，出现了一批抒情性质浓郁的散文，使得现代散文这块"百花园"芳菲争艳，蔚为大观。特别是1980年代中期，随着作家主体意识的不断强化，中国文学开始呈现出一个崭新局面，作家从"集体意识"中抽身而出，重新返回"个体"，注重对生活的体察和内在情感的表达。这一时期，散文的艺术性得以强化，文本的精神内涵和表现空间得以拓展。

进入 1990 年代，社会发展日新月异，城镇化进程锐不可当，文化领域亦呈多元格局。各种文学思潮相互碰撞，人文精神的讨论更是打开了作家们的创作思路。"大散文"概念的提出，引发了散文界对散文的内涵和外延的重新讨论和界定。风靡一时的"文化散文"热，成为文坛上一道靓丽的风景。"新散文""原散文""后散文""在场散文"等散文流派"你方唱罢我登场"，争奇斗艳，各领风骚。

及至二十世纪末，一批深具先锋意识和文体自觉的新锐作家，像一头公牛闯入瓷器店，使散文天地发生了激烈的碰撞和变化，形成一股新的散文潮流，提升了散文的审美品质和精神向度。

纵观 1978 年至 2023 年四十多年来，中华大地在"改开"的黄金时代中，社会生活奔涌激荡，各种思潮风起云涌，散文创作更是云蒸霞蔚、气象万千，涌现了众多成就斐然、风格各异的散文作家和具有思想深度、艺术上乘的散文作品。岁月的流水冲走了枯枝败叶和闲花野草，中流砥柱却巍然屹立。时间留住了新时代的散文经典，经典在时间的长河中绽放光芒。以沙里淘金的经典散文向"改开"的时代致敬，是我们不可推卸的责任和义务。

别看散文的门槛貌似很低，要真正写好，却实属不易。优质散文是有难度的写作，它不但需要作者的智识、胸襟、眼界、修养和气度格局；更需要写作者的态度、立场、慈悲、良知和批判勇气。遗憾的是，散文创作繁荣和光鲜的另一面，却是大量平庸甚至低劣之作的泛滥，不但败坏了读者的胃口，而且造成了物质和精神的极大浪费。散文作家层出不穷，散文作品汗牛充栋，可真正能让人记住的散文佳构却凤毛麟角。

散文要发展，文学要前行。发展和前行就要从平庸的樊篱中突围。在突围的过程中，散文作家不可太"聪明"，不可太世故，要永存对文学的敬畏之心。一言以蔽之，散文的尊严来自散文作家的尊严。也可以说，要想散文繁荣，首先需要有一批人格健全，品德高尚，铁肩担道义的散文作家。什么样的人写什么样的文章。特别是写散文，最容易看出一个作家的内在品质和境界涵养。一个人格不健全的人，哪怕他作文的技法再高妙，也很难写出撼人心魄、抚慰灵魂的散文来。作家精神品质的高低，直接决定其作品的精神向度。

为了散文写作的突围和发展，为了建设独具特质的当代散文，也是为了更好地从经典散文中汲取营养，我认为有必要正视和重申一些常识性的思考。高头讲章的理论是灰色的，常识之树却葱葱常青。

一、作家的个体精神决定散文的优劣。常言道，散文易学而难攻。难在什么地方，不是难在技巧，而是难在作家个体精神的淬炼上。倘若作家的个体精神不够丰富，不够深刻，不够清澈，纵使他手里握着一支生花妙笔，也写不出令人称赞的散文。那么，如何才能做到个体精神的丰富性呢，这就要求作家时时刻刻不背离生活，要知人情冷暖，体察人间百态，关心民瘼，有忧患意识，不要做生存的旁观者。一个冷漠甚至冷酷的人，是不适合从事散文创作的。

二、真诚是确保散文品质的基石。散文创作跟作家的生存经验息息相关，可以说，真正优质的散文，无不牵连着作家的血肉和心性。作家的喜怒哀乐，悲欢离合，都或隐或显地暗含在他的作品中。假如在一篇散文作品中，读者既看不到作者的体温，又看不到作者的态度，那这篇作品或许就是失败的。说明这个作者在他的作品中"说谎"或"造假"，缺乏真诚之心。作家一旦失去真诚，为文必定矫揉造作，作品也必定会失去生命力。因此，真诚是散文的"生命线"，也是"底线"。

三、个性是促进散文生长的养料。人无个性便无趣，文无个性便平质。当下，每年都会诞生数以万计的散文篇章，但能够让人记住，且读后还想读的作品并不多，何故？概在于这些数量庞大的散文，无论题材，还是语感都千篇一律，像是从"模具"中生产出来的，缺乏辨识度。散文要发展，必须要求作家具有"个性意识"。"个性意识"不是标新立异，更不是哗众取宠，而是一种"创新意识"和"审美意识"。但凡在散文创作方面被公认的那些大家，都是"文体家"，他们以自觉的写作实践，开创了散文写作的新路径。不合流俗方能独步致远，推动散文的建设和繁荣。

当然，以上几点并非创作散文的圭臬，谁也没有资格去为散文"立法"。

散文是自由的创造，散文精神即自由精神。我之所以提出来，仅仅是希望引起散文同行们的重视和参考，共同为中国当代散文的发展尽力增光。

我们策划、编选"中国散文60强"（1978—2023）的初衷，旨在对新时期以来的中国散文创作作出梳理、评价和选择，试图精选出风格各异的代表性散文作家，以每位一部单行本的形式，呈现出中国新时期优质散文的大体样貌。此项目的发起人为资深出版人张明先生。多年来，他一直追求做高品位的纯文学书籍，也曾连续多年与中国散文学会、中国小说学会合作，出版年度《中国散文排行榜》和年度《中国小说排行榜》。2023年他策划出版了《中国小说100强》，反响不俗。身处喧嚣、纷杂的环境，能以如此情怀和心力来为文学做如此浩大的工程，不能不令人钦佩！

感谢张明先生邀请我和叶梅、冯秋子、陆春祥、吴佳骏、张英、文欢组成编委会，共同遴选出60位作家。我们在召开筹备会的时候，即将作品的思想性、艺术性、代表性以及影响力作为编选的基本原则。在确定入选作家名单时，我们认真商讨，反复研究，生怕因为各自的眼力、审美和趣味之别，造成遗珠之憾。好在我们的工作得到了作家们的积极回应和鼎力支持，惠风和畅，大地丰饶。

60位入选的作家，既有令人尊敬的文学大家，如孙犁、张中行、汪曾祺、史铁生、邵燕祥、流沙河、刘烨园、宗璞、贾平凹、韩少功、张炜、梁晓声、阿来、冯骥才等。这批散文大家的作品，文风质朴、清朗、刚健，充满了"智性"和"诗性"。无论他们是写怀人之作，还是针砭时弊，歌咏风物，都有着鲜明的文化立场和审美取向。他们或出入历史，借古观今；或提炼人生，洞明世事，输送给读者的都是难能可贵的"精神营养"。

也有被散文界公认的名家，如李敬泽、王充闾、马丽华、周涛、冯秋子、叶梅、筱敏、张锐锋、周晓枫、于坚、鲍尔吉·原野等。这些作家的散文作品，特色鲜明，风格独特，诚挚内敛，从内容到形式，都作出了各自的探索和尝试，为当代散文注入了活力。从他们的作品中，我们不但能够领略汉语之美，更可以借此反观生活与存在，寻找人之为人的价值和尊严。

还有散文界的中坚力量和青年才俊，如彭程、谢宗玉、江子、雷平阳、任林举、塞壬、沈念、傅菲、吴佳骏、周华诚等。从他们的作品中，我们见到的，不只是中国散文的文脉传承，更是自由精神的张扬。他们文心雅正，笔力锋锐，不跟风，不盲从，始终保持着独立的思索和判断，在各自所开辟的散文园地中精耕细作，以崭新的姿态参与和推动当代散文的变革。

其实，细心的读者不难发现，入选本丛书的老、中、青三代作家都有个共性，即他们均以自己的作品审视心灵，心系苍生，弘扬真善美，鞭挞假恶丑，充满了正义感和人道主义精神。这自然与时下众多书写风花雪月，一己悲欢，充塞小情趣、小可爱的散文区别开来。正是因为有他们的存在，中国当代散文才呈现出一幅绚丽多姿的长卷。

需要说明的是，有些重要的散文家，如张承志、余秋雨、王小波、苇岸、刘亮程、李娟等人，由于版权或其他不可抗原因，未能将他们的作品收录进来，我们深以为憾。

我们还要感谢北京立丰天文化传播有限公司的资金支持，感谢北京联合出版公司的精心编校，他们慷慨和无私的义举，对于繁荣中国当代散文创作、对于赓续中华优秀散文文脉、对于中国新时期的文化积累，均具重大价值和意义，可谓善莫大焉。这套丛书的出版意义将同《中国小说100强》一样，旨在给读者以经典的指引，这既是一项重要的原创文学工程，同时也是助力推动全民阅读和研究传播文化的公益工程。

郁郁乎文哉，中国散文有幸！

是为序。

2024 年 5 月 12 日星期日

（作者为全国政协常委，中国作协副主席、书记处书记）

目 录
Contents

第六辑

第一辑

书斋浮想

　　曾经有一日，我想把书房安置在天安门城楼。什么？你真狂妄！啊，不是狂妄，且听我解释，我看中的是这方位，这高度。你若想把文章写得中国，写得炎黄，写得堂堂正正，炳炳麟麟……，好，那么就请随我，把写字台搬来这城楼一隅。对于历史，这位置未免过于煊赫，对于你我，这只是一首诗。日月升降，不过是文章的标点符号，人潮聚散，不过是文气的回环流转。一代伟人曾在上面宣布："中国人民站起来了！"声音至今还在五洲四海隆隆回荡。你我凡夫俗子，从不作非分躐等之想，但忝为文人，要的就是这气场，这轴心，这龙脉。三十年前，我是广场上人海中的一滴水，十五年前，我是登楼一啸的游客，而今，我想借它的廊柱迎四方祥瑞，八面雄风。岁月如流，你会发现世间变化最大的，不是沧海，不是桑田，而是观念，实实在在的人心。你会发现"人为社稷之本，天地之本"，正在逐渐从云端回归凡尘，落于实处。瞻前令人心雄胆壮，顾后令人感慨万端。当我登临，当我在城楼辟室纳气，储才养望，文学之于我，世界之于我，就像金水桥畔的华表一样切近。兴酣落笔，自可以驱遣雷电，挥斥风云，凭窗眺望，更不妨目尽今古，纵览河山。

也曾经有意，把书房安放在太平洋上的一个小岛。那里位于赤道，终年万木葱茏，草欣花薰。我的书斋应该是茅屋，杜甫在成都、苏东坡在儋州住过的那种。所不同的是，它背倚青山，面临大海。吟过"星垂平野阔，月涌大江流""吴楚东南坼，乾坤日夜浮"的杜甫，直面的不过是江河湖泊。苏东坡流放海南，是乘船穿越琼州海峡的，但他在儋州的住所"桄榔庵"，距汪洋浩瀚的南海还隔有一望无际的丛林。哪能如我这般，每天清晨，推窗，浩浩碧波就会从心田漫过；即使在夜晚，睡梦中，也会有汤汤泱泱洗涤肺腑，澡雪神经。枕边有梵高渴望的电流雷语，砚底有海明威丧魂失魄的大鱼，字里行间有哥伦布望眼欲穿的新大陆。远离尘氛，远离噪声，远离一切伪现代，假文明。当然有滂滂沛沛的豪雨，佐之以掀天揭地的台风，这场面还都让我赶上了。那是到达岛上的第二天，主人引领我们参观一孔千年山洞，进洞时分，身后还是阳光灿烂，待到转了一圈出来，洞外已是霹雳交加，风雨大作。我笑了，全然不顾同伴怪异的目光。如果不是妻子紧紧挽着手臂，说不定早就冲出洞口，和大自然一道尽情宣泄、嬉戏。

正是在岛上，我想到，有一天也不妨把书房短暂搬去南极，和科考队员为邻。热与冷，这是自然的极端考验，也是思维的交替盛宴。南极你没有去过，总在电视屏幕上看到过吧？那里没有道路，没有色彩，没有浪漫。冰天。冰山。冰原。白色阴谋白色恐怖包裹一切覆盖一切。然而，欲望是奢侈的，我希望我能单独拥有一处斗室，把严寒和一应干扰阻挡在外。任它风暴肆虐，雪片狂搅，我自保持灵魂的独立，与清醒。且在一个狭小的空间支棱双耳，睁大眼睛。我当看到，不，感到，万里外如一朵云霞燃烧的中国，中国的前尘，中国的今生以及后世。此时此刻，只要有一粒泥沙沉降黄河，只要有一片乌云飘过珠穆朗玛峰，只要，在宫商角徵羽的和弦中，掺进一缕杂音，我会立刻发竖髭裂，血脉偾张。我的笔，我在冰封雪锁中唯一能倚天而抽的长剑，霎时将寒光闪闪，锋芒毕露。啊，别担心我孤独，或是太累，天气晴朗的日子，我会走出帐篷，跋涉雪原，加入海豹、企鹅的行列。我会和它们用另一种语言交流，在人类已知的语音密码之外，在地球和太阳系的规范之外。

去年秋天，当我登上纽约帝国大厦，在一个凭栏俯瞰的顷刻，忽发奇想：嗯，这儿也可以安放一张写字台，一张属于我的、纯粹书生的写字台。帝国大厦建于一九三一年，高度三百八十一米，曾为纽约之最，也是世界之最。它的显赫尊贵一直持续了四十年，迨至一九七二，才被四百一十七米的世贸大厦打破。人性总是对最高充满神往，犹记当初，世贸大厦落成不到两年，它从帝国大厦头上抢得的冠冕，又被芝加哥四百四十三米的西尔斯崇楼一把攫走。二十二年后，吉隆坡的佩重纳斯闳宇，更以四百五十二米的绝对高度独摩苍穹。这游戏恐怕永远没有了结，据报载，我国的上海、台北以及东邻韩国也在摩拳擦掌，欲在更高的层面上一试身手。假如人力可以造山，真正意义上的山，我相信珠峰有一天也将屈居老二。然而，曾几何时，当我的双足踏上曼哈顿的街道，世贸大厦已不幸夷为平地，帝国大厦又重新出任纽约的制高点。血腥的联想，残酷的真实。三十四街在脚下。一百零二层在脚下。余光中一九六六年写《登楼赋》，立足点就在眼前这层顶楼。假设我把它的一隅辟作书斋，在这儿可以昼夜鸟瞰纽约，某种程度上也等于是鸟瞰西方。萨克雷当年无缘涉足的"名利场"，巴尔扎克当年未曾阅遍的"人间喜剧"，福克纳当年未能穷形的"喧嚣与骚动"，我将以我东方作家的敏锐与执着，继续书写。

如果我有第六张写字台，我愿把它安放在俄罗斯的庄园，最好是在圣彼得堡近郊，和普希金就读过的皇村中学为邻。对于少年时代的我，托尔斯泰是威严的，高尔基是苦涩的，马雅可夫斯基是生硬的，而普希金，清丽而又激越，堪堪充当我高年级的兄长。检点我知识航船的压舱石，《诗经》《楚辞》之外，《古文观止》《唐诗三百首》之外，《飞鸟集》《草叶集》之外，赫然就有一部《普希金文集》。最是难得，那是我生平买下的第一部"天价"书，时代出版社出版，硬面精装，定价两块。若问，区区两块钱怎么就成了天价？要晓得那是一九五九，两块钱相当于我初中一个学期的学费。要晓得一九五八"大跃进"之后紧跟着是一九五九国民经济大滑坡，彼时我尚懵懂，天下大事不甚了了，但具体到自身，是已连两块钱的学费也筹措不出，不得不含泪中途退学。然而，借助某种孤注一掷的希冀，我却把半月的打工所得加在一起，从书店购回普希金的一套精神大餐。那真是疯狂的吞噬，非张乐平笔下的三毛不能深得个中滋味。"啊，美人，不要在我面前再唱，那悲哀的格鲁吉亚底歌吧：它们使我想起，另一种生活和遥远的岸边。""假如生活欺骗了你，不要悲伤，不要心急！阴郁的日子需要镇静，相信吧，那愉快的日子即将来临。"——普希金给予我的，不仅是他温柔的慰藉，缠绵的想象，更有他天赋的自信，坚韧的灵魂。

假设我有第七或第八张写字台，我愿把它们分别安放在巴黎圣母院的阁楼与尼罗河畔的客栈。这选择不是绝对的，当然，我也可以把它们安放在富士山麓的茶室与罗马城的角斗场。天地有情，山川随处可作书房。万象通灵，入眼一切皆是文字。但是，不管我有多少五光十色的假设与选择，最后一张书桌，肯定是搁在我的故乡。最好是搁在老宅，就在堂屋的窗前。那堂屋是篱笆墙，稻草顶，窄小的窗户糊了一层白纸，临窗安放着一张褪色的条桌。记得老宅落成，是一九五三，九岁的我，已拥有五年骄傲的学龄：四岁，依祖父的膝下读《百家姓》，五岁至七岁，入私塾读《千字文》《古诗源》《幼学琼林》，八岁正式上学，也就在九岁那年，我幸运地分到了一张书桌。我最初的涂鸦之作，包括日记、书信、情诗，都是在它的慷慨支撑下完成。如今我不能奢求那张五十年前的书桌还安然完好，正如我不能阻挡祖父手建的数栋茅屋日后在侄男辈手里焕为砖混结构的两层小楼。所幸的是老家地址未变，方位未变，因而我的想象最终有所依托。可以预期，往后，在我厌倦京城浮躁与奢华的日子里，我会常常回到故乡，回到老宅旧址上的新居，无疑，只有在那儿，在生命和创作的原点，我才能获得穿透时间的清醒。我会比以往更加清楚我是谁，以及我应该如何感谢上苍，善待岁月，善待上苍曾经从江淹手里强行缴走，而今恰恰轮到赐予我把玩操练的，这枝金不换的彩笔！

天边，那二百米外的蓝月亮

——序《长歌当啸》

旅途。翻看《写在钱锺书边上》，翻到一处，忽然咕咚一声，心像从二层楼的窗口跳下，重重地往地面一蹾，痛得似乎停止了搏动。慌忙掉头看周围的乘客，没有，谁也没有听到或感到异常。旅途就有这好，尽管彼此挨得很近，简直是呼吸相闻，肌肤相亲，但是另一方面，心理空间又隔得很远很远，基本上是冥王星不管海王星，河外星系不管银河系，各行其是，互不干扰。这真是一种值得推广的文明模式，或可谓之旅途文明。人生也好，社会也好，不正是放大了的旅程么！闲话打住，还是回到适才的心跳。

此事说来话长。

大概是 1998 年四五月份，因一篇写北大老校长蔡元培的《煌煌上庠》走俏，《十月》杂志破格让我从 1999 年起设一个散文专栏，内容是管窥 20 世纪的思想、文化大家。杂志社冰雪聪明，说好选谁概由作者，自己只管发稿。我却苦了，回首一望，历史广场，十万大山般一片高昂的头颅，光灼灼明晃晃，映得我目眩心悸。

踯踯躅躅忐忐忑忑地投入前期准备，说白了就是大量浏览，从康有为、梁启超、严复、陈独秀、李大钊、胡适、鲁迅一路下来，迤逦而至林语堂、徐志摩、梁实秋，而至老舍、巴金、曹禺。在诸位大师的书山学海中神游一道，大致有了谱。假设前面的"十万大山"比喻成立，毛泽东绝对就是昆仑，我作如是判断。

主意拿定，便从"韶峰郁郁　湘水汤汤"开篇。

"登昆仑兮四望，心飞扬兮浩荡。"登上毛泽东这座昆仑，环顾奇嶂危峰、层峦叠嶂，自然一眼就相中鲁迅。凝望鲁迅那道横眉，拔茅连茹，逸兴遄飞，随手便引出他的二弟周作人。由周氏兄弟的"双子星座"，不免联想到开天门的"五四"、开风气的胡适。因胡适的《尝试集》，眸底自动闪过《女神》，闪过狂飙诗人郭沫若。也许是形象突兀，也许是材料趁手，跟着又写了"思想者的第三种造型"马寅初。

有文友指责："你写来写去，怎么脱不出与北大有关的人物圈？"

是吗？这时候，假设读者骂我浅薄虚妄，同行嘘我浪出风头，我听了也不会如此感到委屈。天地良心，我这决不是有意的。毛泽东在北大图书馆工作过，那是事实。胡适、马寅初当过北大校长，那就更不用说。周氏兄弟，也是一个当过北大教授，一个当过北大讲师，这都是众所周知。但是，但是，他们都是世纪级的人物，哪是一所大学就能概括的呢？胪列既往，岂能因为迹近同宗同派就避开。至于郭沫若，你老兄算是看走了眼，他早年留学日本，归国后也没听说沾过北大的边，呃——我为自己辩护。

"怎么没沾过北大的边？"文友反驳，"你忘了，他儿子郭世英，就是和你前后脚进的北大。"

不啻是掐朵黄花当黄瓜，"连这也算？"我吃惊地瞪大了眼。

文友笑笑："怎么不算？"又一本正经："儿子是直系亲属！"

咳，您哪，您哪！到这份上，您让我还怎么说？唯有苦笑，苦涩的笑。正因为我也是从未名湖畔走出，加之又写过《北大三老》，写过抒发北大百年的《煌煌上庠》，在他人眼里，大概早落下"胳膊肘往里拐"的嫌疑。有道是瓜田不纳履，李下不整冠，事到如今，我不得不尽量回避与北大有牵扯的人物。

马寅初之后，我挑了远在香港的金庸。

文友摇头："金庸是北大名誉教授！"

那么，李敖呢？李敖初中时就去了台湾，以后一直没有回过大陆。

文友对此又有说法："李敖的爸爸是北大国文系毕业，直接听过陈独秀、胡适、鲁迅的课。"

"照你这么说，谁都不能写了？"我向文友抗议。

"不是我故意刁难，是你总跳不出北大情结。"

也许，也许他说得对。这就叫"不识庐山真面目，只缘身在此山中"。罢，罢，我决心遴选出一批与北大八竿子也够不着的人物，哪怕是仅仅为了堵一堵文友的嘴。

就像"阶级斗争年代"查看出身，又像医生检验血型，我面对一长列备选者的名单，左思右想，反复斟酌。陈独秀、李大钊、梁漱溟、冰心、萧乾、季羡林等北大派人物自是推过一旁。其间曾考虑巴金，奈何他年轻时有过报考北大的记录，虽然后来因为健康的因素，又怅怅放弃；也曾考虑沈从文，哪知只有小学资历的他，经胡适破格提拔，尔后居然做到北大教授；也曾考虑余光中，没料厦大肄业台大毕业的他，亦有过考取北大外文系的案底，只是因为战神阻挠，没有念成。为此，余光中 70 年代曾撰文说："对于考取北大这件事，直到现在，我还保持一份高中生的自豪。"自豪，自豪。你们都因挹掬北大的清芬而自豪，剩下我，却要拼命往她的光波之外泅渡。划呀，划呀，好不容易游到一处港湾，以为离北大很远很远了，掉头一看，吓，"红楼"的飞檐依旧清晰可辨。

日前，终于选中了钱锺书。

案上摆着一份钱氏的简历：毕业于水木清华，留学于英法，曾任教于上海光华大学、西南联大、湖南蓝田师范学院、上海震旦女子文理学院、暨南大学，以及母校清华大学，而后就一直镇守中国科学院、中国社科院；夫人杨绛，与之先后同学，同事；唯一的女儿，是在北师大……反正，一家三口清清白白，与北大无染。

今天因事飞赴羊城，随身就带了那册《写在钱锺书边上》。途中拿出来翻阅，刚刚翻到一半，又傻了眼。问题出在西南联大：所谓西南，指的是昆明；所谓联大，原来就是抗战时期北大、清华、南开三所大学的合称。糟糕，这下又被文友抓住了把柄！后面还有更令我触电的，就是刚才让我的心往地面重重一蹾，痛得几乎要停止搏动的那几行，你看，书上清清楚楚地印着：1953 年初，钱氏"被深识其才的北京大学文学研究所所长郑振铎调入文学所古典文学组……"妈呀，绕了半天，还是绕不过北大这道门槛！

怎么办？还要不要写钱锺书？

紧紧攥着这册赭黄封面的小书，像生怕它脱手飞去，说实话，我不想改弦易辙。我怎能为了他人的一句"北大情结"，就舍弃好不容易才确定的写作对象——包括前面提到的金庸和李敖？

于是，我尝试为自己寻找非写不可的理由。谢天谢地，也谢我自己，理由满天繁星般撒下来，仿佛要多少有多少。寻着，找着，我突然一拍脑门：天哪，我真傻！

真的，既然我已经得出：在中国，20 世纪，是毛泽东的世纪，"红太阳"的引力，任谁也不能逃逸；那么，根据我所掌握的资料，为什么就不能得出：20 世纪，同样是北大精神的世纪呢？或者换句话说，同样也不能逾越北大这个历史情结？

嗯，就是这么回事！

我能想象文友的愤怒和不屑。然而，此刻的我，已将信念铸成北大校门口的石狮，再也不会为人言动摇。这么说，绝不是坚守北大本位，更不是虚荣和狂妄。我只是想强调，北大在这儿，已经不单纯代表一所大学。她是一方圣地，体现的是一种与时代、国家同步共运相映互耀的高华气质，一种无法抹杀也无从回避的精神磁场。外在的形式上的有无联系，实在是其次，思想的渗透、浸润，才是根与本。圣地倘若不是魅力的一种全方位辐射，那么什么又是圣地的灵魂？所以，如果有谁硬想从20世纪的长廊中摒除北大这幅风景，其困难，当不亚于鲁迅所说的拔着头发离开地球。

一念至此，心头豁然开朗。宋人黄庭坚有诗云："未到江南先一笑，岳阳楼上对君山。"而我现时正在江南之上，在千楼万楼之上，在云层之上，在波音777之上。搁下书，凭舷窗眺望，斜斜的机翼尽头，苍茫如海的天幕上，浮着一轮淡蓝欲虚的月亮。那是生平从未见过的绝美、大美！凝眸，月宫影影绰绰，仿佛也有喜马拉雅山，也有太平洋，也有撒哈拉沙漠，也有南极洲，也有无数的飞行器，如我胯下的钢铁大鸟，正在振翮穿梭；让人心疑她压根儿就是地球的玉镜，或倒影。诗人的梦。科学家的碟片。外星人的中途岛。青青荧荧，朦朦胧胧，虚虚幻幻。此外别无闲云滞目，更无流星打扰。十二分的净，静。在很长一段云路——潜意识里，足有一个世纪那么长——她一直陪着我们旅行。而从舷窗经由机翼到月宫的距离，看上去，也就只有二百来米。

大器行天下

——序言

一晃，十年过去了。

曾记，2009 年 7 月 11 日，星期六，天气湿闷而燥热。上午，我正在电脑前敲敲打打，例行作业，噩耗突然传来：任继愈先生逝世！任先生是 1916 年生人，屈指算来，时年值九十三岁，也算是高寿了。我与任先生向无交往，因此也没放在心上。过了不多一会，噩耗再度袭来：季羡林先生逝世！什么时候？上午 9 点。千真万确？千真万确。怎么可能呢？我说，前两天还为北京高考状元题匾，昨天下午还为臧克家故居题词，为汶川广济学校题写了"抗震救灾，发扬中国优秀传统"，此外还为孔子卫视写了一幅"弘扬国学，世界和谐"，而我，受画师乔德龙和书家卜兴龙之托，正准备日内与季先生联系赠送书画的事谊……但这是事实，是北大官方传出来的消息。赶紧与季承联系。手机线路拥挤，已经拨不进去了。

这是迟早要出现的一幕，没想到来得这样快。春节后探视过两次季老，发现消瘦异常，预感不祥，以后再没去，因为外面蔓延甲型流感，怕不小心把病菌带进医院，又因为筹划给老人家过九十八岁大寿——再过三个礼拜就到了，老人的真正生日是 8 月 2 号，而我们一帮弟子商量，安排在 7 月底，赶在官方活动之前。也就是半个月的时间，先生没有等到，我们也没有等到。

等到的是，网上铺天盖地的噩耗，我随便浏览了一下标题，一个也没有打开。还用得着打开吗？不祥的消息，一个已经嫌多，种种细节，不需要再触目，再惊心。媒体又开始新一轮的爆炒！这是互联网时代。这是信息爆炸时代。果然，消息传得飞快，天南地北的询问电话纷纷打来。凤凰卫视抢先报道。各路媒体争相上阵。熟悉的记者径直登门。季先生的孙女季清也从美国洛杉矶发来了悼文：

> 震惊。无语。星期五的晚上，美国，家里。2009 年 7 月 10 日。刚刚吃好饭，稍稍休息了一下，看了看美国新闻。就坐在电脑前继续编辑我们去年回国的相册。是啊，差几天就一年了，可相册还没有完成。正在欣赏去年几次回国和爷爷的合影，却看到新浪网站首页"国学大师季羡林逝世"的消息。不相信自己的眼睛，想一定是打印错误。正在发愣之际，朋友江姐从北京发来短信，向我表示慰问。还在蒙眬中。又回到新浪网站，一篇一篇的再重读过……越读脑子越糊涂，越读越不相信这是真的。昨天还和爸爸有邮件来往，我们还在商量安排今年和明年庆祝爷爷生日的事。怎么会？这是不可能的！绝对不可能！

> 否认。不理解现实。不承认现实。心痛。泪在眼眶里转。已经是深夜了……

洛杉矶和北京相差 16 个小时，当晚，送走最后一个来访的记者，北京也已进入深夜。窗外雷雨大作，是北京城罕见的狂风暴雨。"泪飞顿作倾盆雨"，是谁在流泪？默默间，我踅回书房，坐到电脑前，打开作业中的《晚年季羡林》。自打与季先生结缘，我一直在收集资料，打算为老人家写几本书，已经出版的，是《清华其神，北大其魂》，正在写作的，就是前边提到的《晚年季羡林》，拟写的，还有关于季先生的比较文学，以及他的前尘后影，等等。写晚年的这本书，我是从 2006年 8 月动笔，断断续续，一直写到今天，连头带尾，正好三年。因为标明了是写晚年，所以只要季先生活着，我的笔就不能搁下——在这个意义上，我是真心祝愿他老人家长寿，我的书也好无限制地延长，何况，在文化在社会的意义上……唉！

霹雳一声，季先生的生命戛然而止。我这本书，也不由自主地画上了句号。我本来还有很多话要说，此时此刻，我不想再说；不仅不想再说，连已经写好的某些章节也要删去。为什么？因为那些章节是属于未来的，现在抛出，为时过早；都说人有命运，文章其实也有运命。

姑且遵从天意，当机立断，就此结尾。

回头看，20 世纪初的中国有一个"五四"，这场运动释放出一大批人物。季羡林先生出生稍晚，他只是踩着"五四"的尾巴。踩着尾巴也是幸运，季羡林上洋学堂，尤其是读英文，就是沾了"五四"的光。从 1919 年到 1934 年，他的整个学生时代，都离不开"五四"精英的召唤。1935 年，季羡林去了德国，一待就是十年，在知识结构和研究方法方面，接受了德国人严格的训练。归国后，又受到胡适、傅斯年、陈寅恪、汤用彤等大师的影响——那都是些响当当的人物，绝非时下某些名为大师，实为演员者可同日而语。四九年后，世风改变，作为知识分子，他经历了漫长的炼狱。幸亏他在德国学的是梵文、巴利文，那玩意儿太冷，没人懂，也没人捧。"含光混世贵无名"。加之他把重心放得很低，夹紧尾巴，老实做人……终于跌跌绊绊迎来晚年，迎来他一生最辉煌的岁月。

我不是季先生的及门弟子、得意门生，我跟季先生的缘，仅仅在于散文，交往也是散文式的，若即若离，时紧时松。季先生的学问，我是"一窍不通"。不通，就不敢妄言。季先生讲真情、真思、真美，我拳拳服膺，除此而外，还要加上一条：良知，良能，良心。

季羡林的《病榻杂记》收录了一篇随笔，题目叫《笑着走》，这篇稿子写于 2006 年 3 月 19 日，那一年，季羡林九十五岁，文章披露：

> 走者，离开这个世界之谓也。赵朴初老先生，在他生前曾对我说过一些预言式的话。比如，1986 年，朴老和我奉命陪班禅大师乘空军专机赴尼泊尔公干。专机机场在大机场的后面。当我同李玉洁女士走进专机候机大厅时，朴老对他的夫人说："这两个人是一股气。"后来又听说，朴老说：别人都是哭着走，独独季羡林是笑着走。这一句话给我留下了很深的印象。我认为，他是十分了解我的。

季羡林生平不信命，唯独相信机遇和缘分，但是这里，他对赵朴老的预言有了直觉的认同。季羡林在随笔的末尾强调："在这里，我想，我必须讲几句关于朴老的话。'天下谁人不识君'。朴老是用不着介绍的。我想讲的是朴老的'特异功能'。很多人都知道，朴老一生吃素，不近女色，他有特异功能，是理所当然的。他是虔诚的佛教徒，一生不妄言。他说我会笑着走，我是深信不疑的。"

让一个崇佛而不敬佛、礼佛而不拜佛的纯然学者，顿悟般产生宁信其真、毋信其虚的执着，半是缘于高人的指点，半是缘于命运的揭示。季羡林晚年老树着花，万紫千红，外部世界的色泽斑斓必然要刺激他敏锐而微醺的感官，唤醒他往昔甜蜜的暗示，提纯并强化他的自信。

　　"笑着走"之必要，季羡林曾作过逻辑上的推敲，比如，在同一篇随笔中，他说："江淹的《恨赋》最后两句是：'自古皆有死，莫不饮恨而吞声。'第一句话是说，死是不可避免的。对待不可避免的事情，最聪明的办法是，以不可避视之，然后随遇而安，甚至逆来顺受，使不可避免的危害性降至最低点。如果对生死之类的不可避免性进行挑战，则必然遇大灾难。'服食求神仙，多为药所误'。秦皇、汉武、唐宗等等是典型的例子。既然非走不行，哭又有什么意义呢？反不如笑着走更使自己洒脱满意愉快。这个道理并不深奥，一说就明白的。我想把江淹的文章改一下：既然自古皆有死，何必饮恨而吞声呢？"

　　人是有感情的动物，光有逻辑不行，还必须感情能够承受。季羡林呢，自从"文革"中自杀而未遂，奇迹般地活了下来，他就觉得是捡来一命，从此变得豁达超逸，一步一步扔掉因袭的包袱，直到最后变成"来去无牵挂"的"赤条条一个"。为了拥抱生活，他简化生活。伍迪·艾伦有言："放弃所有让你想活到一百岁的东西，你就可以活到一百岁。"长寿之道就在不停地"放"和"弃"。这里，我还想起2007年季羡林为漳州林语堂文学馆的题名。季羡林和林语堂，经历和专攻差异很大，有一点却是相通的：都推崇陶渊明。季羡林从八十岁开始，自命为陶渊明的信徒，并且把陶诗"纵浪大化中，不喜亦不惧。应尽便须尽，无复独多虑。"作为自己的座右铭。林语堂亦如是，他称陶渊明是中国最伟大的诗人和中国文化上最和谐的产物。季、林二位都推崇和谐，礼拜空灵，并且身体力行。

　　季羡林的一位老朋友（也是望百高龄），曾在闲谈中对笔者说："建国初期，季羡林，李长之，还有我，三个人常常在一起玩，论学问，季羡林并不是最出色，论活动能力，他也不如长之和我，论婚姻，他就更加不理想，夫妻长期两地分居，但他的命好，晚年大红大紫，名动朝野……"言下，颇流露出几分歆羡。笔者坦言："性格即命运。季先生的出生、环境、条件、经历，造就了他特殊的生命曲线，他对社会的感悟力、适应力，反弹力，是您这样的富家子弟、风流才子所不能比拟的。"季先生曾对笔者作过自我剖析，他说："我这一生，谨小慎微，胆小怕事，但在大是大非面前，在关键时刻，又敢于挺身而出，仗义执言，完全不计个人得失。"笔者认为，"谨小慎微，胆小怕事"加"挺身而出，仗义执言"，正是他内在气质最为准确的概括。

俱往矣！"人事有代谢，往来成古今。"历史选择季羡林作为二十、二十一世纪交替之际文化领域的一座丰碑，自有它深邃的背景。同样深邃的背景，我们在齐白石的画室里见过，在巴金的书斋里见过，而另外一些也许是更为出色的文化巨子，如胡适，如陈寅恪，却因生不逢辰而无缘享此殊荣。季羡林是幸运的，他长寿，他的能量装置呈多级火箭推进，当生命的航船行将返归渺渺银河（天堂）之际，又获得了最后一程的大力助推；他活着时，就已清晰地看到自己在历史上的坐标。季羡林晚年虽有落寞、孤独，虽有风波、曲折，那也是人生应有之义。世间万事本无圆满，正如宋代词人辛稼轩所书："肘后俄生柳，叹人生，不如意事，十常八九。"这不如意事，便是命运设下的路障，你要领略完整的人生，就得学会从跨越中求爆发，求高翔。大器行天下，季羡林最后的生命是光芒万丈的，经一波三折而终于达至和谐，这是天理，是公道，是百折不挠的生命的奇迹。

浩瀚如谜的宇宙，季羡林的实体生命如流星一闪过去了，但是人走茶未凉，科学家说，组成这个世界的不是物质而是能量，季羡林的肉体消失了，但是能量继续在发光发热，他的一生埋有多处伏笔，我预料，在未来的岁月，他的大名还会长久地为人传颂。

一代同龄大师的"比"与"兴"

——序《千手拂云，千眼观虹》

这不是高论。

历史有各种各样的写法，譬如以朝代更替为框架，譬如以重大事件为核心，譬如以社会发展为经纬。我不是搞历史的，写不来那些"学""术"并重的论著。我写散文，一般只对人物感兴趣，涂鸦之余，兴之所至，选择若干有代表性的人物的事迹，把它们从时间的深处请回来，组合排列，纵向展示，横向比较，在我看，亦不失为断代史的两三注释，三五补白。

这是 2007 年 7 月 13 日的事。那天，在位于京城西郊的 301 医院，笔者看望住院治疗的季羡林先生，趁兴谈道："您是中国比较文学学会的元老，在清华读书时就受吴宓的启发，把陶渊明和一位英国的浪漫诗人加以分析研究，我现在受您的启发，也想做一篇关于您那一代人的比较文章。"

季先生转过头来，寿眉上挑，目光似乎有点警惕："我那一代，你怎么比？"

"您是 1911 年生的，"我说，"当初，为了写您的生日，我查了很多资料。对于您，1911 年有两件大事，一、辛亥革命，敲响了清王朝的丧钟；二、清华正式建校（之前是清华学堂）。1911 年诞生了很多名人。"

"那范围太大了，你没法比。"季先生说。

"我只挑与清华有关的。"

"你都挑了谁？"

"第一个是王竹溪。"我说，"他是 1911 年 6 月 7 日生的，大您两个月。1929 年进清华，高您一级，学的是物理。1933 年毕业，入清华研究院，当周培源的研究生。1935 年 8 月 31 日，王竹溪与您，还有乔冠华等六人一起去欧洲留学。您在《留德十年》中说，王竹溪是象棋高手，你们五个人，单独跟他下，不管下多少盘，总是输。输急了，五个人联合起来跟他较量，结果还是失败。哲学家乔冠华的哲学也帮不了忙，在车上的八九天中，你们就没有赢过他一局。"

"王竹溪这人很好，学问大大的有。他象棋厉害，但不是清华顶尖的，顶尖的是彭桓武，他只是老三。"季先生说，"前些年我碰到彭桓武，说起当年清华园的象棋比赛，彭桓武奇怪，你怎么知道的？我说是王竹溪讲的。"

"当年六人同行，您去德国，王竹溪去英国，他比您先回，在西南联大当教授，是杨振宁、李政道的导师，"我说，"这事很出名。"

"当然啦，杨振宁、李政道得了诺贝尔奖。"季先生欲说还休，粲然一笑。

"我的所谓比，是比当事人一生的轨迹。"我说，"山不转水转，1952 年院系调整，王竹溪转入北大物理系，又与您成为同事。'文革'中他去了江西鄱阳湖鲤鱼洲'五七'干校，在那儿患上了血吸虫病。"

“我没有去鲤鱼洲，不是不想去，是不够格，留下来，当批判的靶子。”季先生停顿，没有继续说下去。

“杨绛也是1911年的，生日是7月17，比您大半个月。”我说。

“她入清华时叫杨季康。”季先生记得清楚，“她是研究生，我是本科生。”

“杨绛1932年入清华，先是借读，第二年考上清华研究生。”我说，“她研究生没有念完，1935年陪钱锺书出国留学，杨绛和钱锺书去的是英国。”

稍等，我又说：“钱学森也是1911年出生，生日是12月11。他大学不是清华，是上海交大。1934年毕业，1935年去美国留学。”

“钱学森跟清华没关系吧？”季先生反问。

“有关系。”我讲，“他1934年从上海交大毕业，考取了清华当年留美公费生。2001年清华九十周年校庆，在历届学生中选出二十位知名学者，其中就有钱学森。”

“噢，你弄得很细。”季先生说，“你想比的，还有谁？”

“还有侯仁之。”我答。不待我说下去，季先生就讲：

“侯仁之我知道，比我小四个月。”

“您记得很准，”我笑了，“您生日是8月6号（公开的说法，实际是8月2号），侯仁之是12月6号。”

“他不是清华的。”季先生说。

“侯先生是燕京大学历史系出身，念书时旁听过清华的地理课，在燕京大学任教时又兼过清华的‘市镇地理基础’课。1952年转到北大。去年（2006）年底，侯先生和您，以及其他十位教授一起荣获北大首届‘蔡元培奖’。”我答。

“林庚去年10月走了，要是晚走俩月，‘蔡元培奖’应该有他。”季先生神情转为黯然。

冷场。双方都没有说话。我想到林庚，他是 1910 年出生的，1928 年上清华，先学理科，后改文科，林庚个性鲜明，和季先生渊源很深，要是小一岁的话，倒是个理想的比较对象。

过了一会儿，季先生问："还有吗？"

"陈省身，"我说，"他上学早，1930 年就从南开大学毕业，然后到清华任助教，并读研究生。1934 年研究生毕业，去德国留学。回国后，任清华教授。"

"我们见过，在南开大学。那一回，是出席范曾搞的一个活动，"季先生笑笑，"是为范曾撑腰，壮门面，碰上的。陈省身已经过世了吧。"

"是 2004 年。"我答。

鉴于讲话时间已长，我赶紧长话短说："还有黄万里，黄炎培的儿子，清华水利系教授，右派；还有钱锺韩，钱锺书的堂弟，他考上清华，没上，念了上海交大；还有孙毓棠，清华历史系的，诗写得很好，在文学圈里相当活跃；还有董同龢，音韵学家，他 1932 年进清华中文系，担任过《清华周刊》编辑，以及中国文学会主席，后来去了台湾。不谈了，不谈了，今天就说到这里。"

"黄炎培我熟悉，黄万里不清楚，孙毓棠熟悉，钱锺韩、董同龢知道一点，不多，你点的这些人，都不是三言两语说得清楚的，我等着看你的文章。"季先生微笑颔首。

然而，2007 年下半年，外加整个 2008 年，我已移情语言文字探源，且在推出《季羡林：清华其神，北大其魂》之后，又完成了一本《季羡林图传》，同时趁热打铁，着手撰写《天意从来高难问——晚年季羡林》，因此，前面所说为季先生那一代同龄大师作比较文学的事，一直没能提上日程。其间，也曾把题目交给我的学生赵枫莲女士，她作了努力，写出部分初稿，后因故未能完成。2009 年岁初，我做美国之行，便中探访、游览了钱学森、陈省身、黄万里当年留学、工作之地，往事袭来，怦然心动，遂决定亲自动手，以上述与季羡林先生的谈话为契机，写一本比较文学的专书。

在 1911 年出生，而又与清华有关的名人中，我最终挑选了六位，分别是：季羡林、钱学森、陈省身、侯仁之、杨绛与黄万里。王竹溪其实是个好例子，才气好，人品也高，但在写了一半以后搁下，原因在于他去世太早，只活了七十一岁。七十一岁，拿"古尺"衡量，也是过了"古稀"，高寿了，但在今天，只能算中寿，和上述六位比，更是小来兮。本书最终确定的六位主人公，都活到九十岁以上，而且在笔者着手"比较"的时候，其中四人业已九十晋八，百岁在望——光凭这一大把年纪，就够"巍巍乎高哉"的了；按生日先后排列，分别是杨绛、季羡林、侯仁之和钱学森。以上六位大师，都是二十世纪旋涡湍流中的砥柱，在历史的花名册上，是要用粗犷的字体特别标示的优秀分子。他们都是与清华学校同庚，大学毕业后转向海外，而后又叶落归根，在各自的领域撞响黄钟大吕。鉴于出身不同，秉性迥别，机缘殊异，他们的人生曲线，既有交叉，重叠，更多的则是犬牙交错，参差不齐。所以阅读他们，就像从直升机上鸟瞰一场高水平的马拉松赛，道路的每一处转折、倾斜，选手的每一程战术、发挥，都看得一清二楚。

六位大师，每一位都是一部大书，把他们组合在一起写，工程未免庞大，我投机取巧，只挑他们关键时刻的典型表现——即便如此，有一些地方，也只是点到为止，有那个意思就行了，现在干什么事都讲究互动，我把更多的思考留给读者，我相信读者的眼力。

渊渊其渊，浩浩其天

——序《寻找大师》

　　《寻找大师》中的人物，起先是严格按照年龄大小出场，当我依次写好饶宗颐、南怀瑾、吴冠中，忽然心神恍惚，投笔彷徨——停！现代科技引发语言错位，哪儿来的笔？我像绝大多数作家一样，使用的是电脑，不是写，是以十指击键——又停！"击"这字眼太阴狠，令人想起击破、击毁、击毙，以及什么什么的斗争。那么，改为敲？敲键，也不够文明哈，敲除了与击联盟，组成敲击，还有敲诈、敲边鼓、敲门砖、敲骨吸髓等义，哪一样，都不适合搁在电脑身上。更有人说打电脑，呀呀呸！亏他说得出口，简直野蛮透顶，令人发指。须知，电脑是笔和纸的延伸，是人的大脑的外化，怎么着，也得用"轻拢慢捻抹复挑"的弹，像王维的"独坐幽篁里，弹琴复长啸"，孟郊的"弹琴不成曲，始觉知音倾"；或者用深情款款的抚，像王粲的"独夜不能寐，摄衣起抚琴"，李白的"功业若梦里，抚琴发长嗟"。

　　弹电脑之键也好，抚电脑之键也罢，绕了一圈，我还得回到用笔，否则便无从说写。投笔彷徨，彷徨什么呢？我想到写序。序这品种，一般是等到书稿就绪后再添加，相当于大厦的门面装潢，而我显然等不及了，我需要有一篇序，就像大厦需要一张图纸。

《圣经》描述，创世之初，上帝说要有光，于是这世界就有了光。在《寻找大师》这本书里，我就是上帝，我说要有序，于是在 2011 年岁首，就有了一篇破茧而出的长序:《永不绝望，才有希望——答杨清汀问》。

问:你是什么时候着手写这本书的？

答:去年春天。在那之前，我完成了两本书，一本是《千手拂云，千眼观虹——季羡林、钱学森、陈省身、侯仁之、杨绛、黄万里的人生比较》，一本是《金石为开——金岳霖的人生艺术和欧阳中石的艺术人生》，展望今后的写作，自自然然就想到了《寻找大师》。

问:可以说是一种思维惯性？

答:是的，我的职业是记者，惯于写人。1995 年正式动笔写散文，也是以人物为主。大致说来，我所写过的人物，包括马克思、爱因斯坦、毛泽东、陈独秀、蔡元培、鲁迅、胡适、马寅初、胡耀邦、项南、李敖、钱锺书，以及蔡伦、文天祥、哥伦布、麦哲伦、郑成功、张謇，等等等等。当然，都是些大人物，有人因此批评我，说我一味好大，我不知道错在哪里，大概因为我渺小，渺小的人喜欢仰望，喜欢攀高，喜欢扒在高堂大厦的窗户外偷窥，这是人之本性、本能。

问:我读过你的《长歌当啸》与《千山独行》。你笔下的人物，从时空上讲，囊括古今中外，从领域上讲，横跨政治、哲学、文学、经济，还有科技。这本《寻找大师》呢，你的对象如何界定，出场顺序又是如何安排？

答:人物限定为当代，至少在我动笔时，他们还活着；范围限定为全球的华人、华裔；领域限定在社会科学和文学艺术，偶尔触及科技界；书的体例，我想到了一个笨办法，以出生年月先后排序，以十岁为一代划分章节，这么做，谈不上什么大道理、硬道理，纯粹为了写作和阅读方便。写着写着，我预感到会有麻烦，所以又设计了变奏，比如照顾采访先后，以及特殊话题等等。

问：这个题材，你已搞了一年，最大的感慨是什么？

答：在设想上，大师应该是无比的。

问：如何无比？

答：这个……，不妨换一个话题，以男子百米短跑为例。时人记住博尔特，是因为他创造了 9.58 秒的世界纪录；时人记住盖伊、鲍威尔，是因为在博尔特缺席或状态不佳的情况下，他俩还有机会一争高下。但是，盖伊、鲍威尔倘若不能打破博尔特的世界纪录，后人记得的也就是博尔特。

问：一路采访过来，你最大的感慨是什么？

答：堂堂中华，难觅大气象者。

问：你想过为什么吗？

答：一言难尽。钱学森先生有"世纪之问"，他老人家也无明确答案。

问：比如说……

答：比如说金钱的压力。社会从崇尚精神滑到膜拜物质，人都成了经济动物，本来我以为，钱多了有利于产生大师，实际情况却是，钱把中国人压垮了，形而下的意志让形而上俯首称臣，官员垮于钱，知识分子也垮于钱。

问：现实就是这般无奈，这是一个没有大师的时代，那么，你还找什么呢？

答：大师是一种社会坐标，天地元气。对一个以文化复兴为重任的社会来说，大师的存在，不是可有可无，而是至关紧要，不可或缺。

问：这大道理我当然懂，可是，前提是大师已经近乎绝迹，任你怎么找，也不能从灌木丛里找出大树？

答：找，是一种过程。找的本身，往往比结论更有意义。再说，一切都是相对而言，在一个没有屈原的春秋战国，我就会把桂冠赠给宋玉。

问：为了准确，也为了增加权威性，我建议，在每个领域，都可以请十个评论家共同提名，这样一来，就省得你茫无头绪地乱找。

答：你这想法我能理解，但照着做就很危险。首先，哪来的权威评论？这年头谁说了也不算。其次，即使有那样的权威，有那样由他们提供的一份名单，我按图索骥，拿着名单去按门铃，那又有什么意思？我要的就是探险，深入不毛，左冲右撞，凭自己的眼光，自己的缘分，找到谁就是谁。我这儿没有排行榜，没有座次，在拒绝俗套之余连带也拒绝了责任，装腔作势、装神弄鬼的责任，我崇尚随缘。

问：好，再问一个问题，你已经找了一年，最想对读者说的一句是什么？

答：既云"寻找"，就意味人在路上，当然更侧重于精神的旅途，寻找中的人与朝圣同志，与希望同在，永不绝望，才有希望。王国维有言："天而未厌中国也，必不亡其学术，天不欲亡中国之学术，则与学术所寄之人，必因而笃之。"千万千万不要对大师绝望，我拔脚出发，就是因为我对文化崛起仍满怀期待。

这是原序的残篇断章，经我重新组织、整理，就成了现在的面目。怎么会是残篇断章？你问。唉，自作孽，不可活。到了2011年秋天，随着采访推进，章节扩展，我发现我精心编织的正文越来越像了都市的独生子女，喜欢吃独食，目无兄弟姐妹，不，目中无序，具体表现在：一、随时将序言中的材料蚕食鲸吞，攫为己有；二、动不动就将序言制定的条条框框甩在一边，弃之如敝屣。经它一番折腾，原先五千字的长序，剩下不到三分之一，无法继续支撑门面。

我不能忍受没有序文，捋袖卷土重来，2012年仲春，又写出了第二稿自序：《嗨，我一直在等你》。

此稿不是大厦的图纸，勉强喻之，是发生在建筑工地上的细节，它披露的是寻找过程中的花絮，旨在为正文预作广告，勾引读者往下翻阅的情欲。譬如，第一节是这样写的：

"老师，请您讲讲是如何寻找大师的，那过程想必很有趣。"

这是一个小范围的座谈，地点在京城某高校，主题是我已经完成大半的《寻找大师》，当我讲了寻找的初衷、寻找的动力、寻找的意义之后，一个男生站起来，作出上述的要求。

"好的。"我很高兴能把话题聚焦于寻找，其实，说一千道一万，世上的一切真情、真义、真价，不都在于寻找么。"但是，"我转而声明，"我没有准备，只能是想到谁就说谁。"

譬如说饶宗颐吧，大家知道，他老人家住在香港，九十多岁了，隔着山，隔着海，隔着年龄的鸿沟、学问的峰峦，想见上一面，很难的啊。

既然打定主意要见，首先买他的书读，几乎能买到的，都买了，拣看得懂的翻，看不懂的，暂时放在一旁，俗话说文如其人，读了饶宗颐的书，等于见到了他半个人（打一半的折扣，留有余地），不，等于见到了他的侧影，这样一来，就更加想一睹他的丰采。有一天，我永远不会忘记，2010年7月11，雕塑家纪峰告诉我一个信息：8月7号，饶宗颐将去敦煌过生日。而且，他跟饶先生周围的人熟识。简直是天赐良机，无论如何不能错过。我就买了8月6号的机票，飞赴敦煌。

……

停。就此打住，不能再引。你笑了，说，卞老师你卖关子啊，怎么就不能往下再引了呢？这是因为，这是因为，嘿嘿，我搓着手回答，正文第一篇就是饶宗颐，你读下去就会明白，此处省略号里的内容，将会在那儿一字不差地列队亮相。不仅第一节的花絮如此，整篇序二的花絮都如此，它的下场和序一一样，不，只有更惨，所有的内容，都为正文强取豪夺，兼并瓦解，一节不剩，一败涂地。

有了两番作序失败的教训，我就学了个乖，我不写序了，我把全部感情、精力用于正文，我遵循通行的法则，待正文完稿后再考虑前言。

终于等到了 2013 年元月，正文宣布杀青，我长舒一口气，回头推敲序文。愕然发现，要说的话，都已经包括在正文里了，此时此刻，应该琢磨的是后记，而不是前言。

不行，不行！我这书，好歹也有三十万字，一本大作没有序，就像舞台上的将军没有冠冕，光头秃脑，岂非大煞风景！

想到请名人代序，这是时下的流行。请谁？最好是请莫言啦！这小子刚刚得了诺贝尔文学奖，祖坟冒青烟，人走时运马走膘，金口玉牙，放个屁也顶冲天炮。可是，我这书中写到了莫言，尽管不是一味吹捧，也是好话多于坏话，这么一来，岂不成了狼狈为奸，互相为托？莫言这小子已随诺奖进化成了老子，他肯定不干，我也不干。嗨，还是硬着头皮，自己上阵吧。大冬天，朔风凛冽，雪花飞舞，我一个人跑到颐和园，我不是去赏雪、溜冰，我是登万寿山，我站在山顶上，向东看，看北京城，向西看，看玉泉山，向南看，看昆明湖，看银装素裹的燕赵大地，看顿失滔滔的黄河，看小天下的泰山，看流过我故乡流过天际的长江……看呀想，想呀看，突然就想到两个词："渊渊其渊，浩浩其天。"

好像是出自《中庸》，我没有心思去查证，英雄莫问出处，好词语也休论来历，关键是它有一种传统文化的语境，有一种五山镇地，一柱擎天，气压乾坤，量含宇宙的气概。想起莫言的《天堂蒜薹之歌》，书前有序，是用了他的一篇檄文《捍卫长篇小说的尊严》，故为代序，序中强调作家要有"长篇胸怀"，即胸中有大沟壑、大山脉、大气象，要有莽荡之气，要有容纳百川之涵。莫言说，"所谓大家手笔，正是胸中之大沟壑、大山脉、大气象的外在表现也。大苦闷、大悲悯、大抱负、天马行空般的大精神，落了片白茫茫大地真干净的大感悟。"我经营的不是长篇小说，也没勇气自诩为大家手笔，但莫言的上述情怀，正合了"渊渊其渊，浩浩其天"的古义，或者说正是"渊渊其渊，浩浩其天"的古义，激发、开拓了莫言的思路。我于是就以这八字为题，借鉴莫言的魔幻或梦幻手法，结合自己对大师的崇高景仰，对寻找过程的无限感恩，对复兴中华文化的强烈期待，倚马立就，一气呵成，撰写了一篇天马踏云、百无禁忌的万字长序，也是我为此书写下的第三稿序。

写完了，感到万里长征后的虚脱，精疲力竭，头晕目眩。时值隆冬，为释放疲劳，我放下待写的跋，携着家人、弟子，去了一趟热风风人、热雨雨人的东南亚。

旬日后回来，打开电脑，咦！正文完好无缺，独独缺少了序言，确切地说，是最后完成的那篇万字长序。怪事！难道这顶"堂皇的冠冕"在跟我捉迷藏？我查遍了所有的文件，包括回收站，没有，愣是没有。在我外出的日子，这电脑有人动过？不可能，大门锁着，书房的门锁着，苍蝇蚊子也飞不进来。那么——只有一种可能，是机器本身在捣鬼。猛然想起，当年写《季羡林——清华其神，北大其魂》时，就遭遇过机器的暗算。那是 2006 年初，我在那本书的《篇末说禅》中记录着：

这是一本什么样的小传？一切都已水落石出：以时间为经，以空间为纬；以叙述为主，以点评为辅。当初，也就是动笔伊始，并不是这么安排的。那时想到的是杂忆：不按时间顺序，而以话题或论点为主，随意驰骋，自由联想，天马抛栈，痛快淋漓。但是，写着写着，电脑突然跟我开玩笑，它把屏幕一黑，来一个不认账。结果，不仅已经写得的两万字，踪影全无，连2005年建立的文档，也变得"白茫茫一片真干净"了。我由是神经质起来，心忖：也许这路子不对头，老天爷不让我继续写下去哩。于是，有那么好几天，我干脆什么也不干，坐在那儿玄想，想来想去，决定另起炉灶，改弦更张——就成了现在的模样。

　　这一次呢，我又犯起了神经质，躬身反省：此序滑出我一贯的严谨、直白、平实，貌似天马踏云实则空泛浮夸，名为百无禁忌实则神思错乱，老天爷判定我东施效颦，画虎不成反类犬，略施惩戒，把它给没收了。怎么办？你说还能怎么办啊？认命呗，听从老天的暗示。都说"人在干，天在看"，那么，我就顺着天公的眼光看，我看到了什么？看明白了什么？嘘——莫声张，我得赶紧行动，我把写过的三稿旧序，重新组织、衔接在一起，如前所述，取稿一的残篇断章，取稿二的第一节开头，稿三既然被老天没收，只字不留，标题还刻在我的心里，它是忘不了的——我就取它这个标题，然后来个"三合一"，组成一篇新版的自序。

　　组装完毕，自家欣赏，还挺像那么一回事。仿佛它就应该是这样子。仿佛请莫言那厮来写也只能是这样子。因为这不是小说，不能让饶宗颐客串联合国秘书长、南怀瑾出征世界杯且担任中国队守门、欧阳中石醉草吓蛮书、王蒙摇身一变为威廉·福克纳或加西亚·马尔克斯。说到这儿，我心血来潮，冷不丁多了一分机灵，我担心老天作梗（成语就有天妒英才喔），再遣这人造的电脑使坏。毕竟，我在明处，它在暗处，它了解我，熟悉我写下的每一句话，每一个标点，我了解它，却仅仅限于打字、上网、搜索资料。俗话说"先下手为强，后下手遭殃"，我当机立断，随即按下打印键，让这篇妙手偶得、天衣无缝的"三合一"，化作白纸黑字，生米熟饭，板上钉钉，既成事实。

这大概就是机会主义哈！

呵呵，是为定序。

第二辑

张家界

　　张家界绝对有资格问鼎诺贝尔文学奖，假如有人把她的大美翻译成人类通用的语言。

　　鬼斧神工，天机独运。别处的山，都是亲亲热热地手拉着手，臂挽着臂，唯有张家界，是彼此保持头角峥嵘的独立，谁也不待见谁。别处的峰，是再陡再险也能踩在脚下，唯有张家界，以她的危崖崩壁，拒绝从猿到人的一切趾印。每柱岩峰，都青筋裸露、血性十足地直插霄汉。而峰巅的每处缝隙，每尺瘠土，又必定有苍松或翠柏，亭亭如盖地笑傲尘寰。银崖翠冠，站远了看，犹如放大的苏州盆景。曲壑蟠涧，更增添无限空蒙幽翠。风吹过，一啸百吟。云漫开，万千气韵。

　　刚见面，张家界就责问我为何姗姗来迟。说来惭愧，二十六年前，我本来有机会一睹她的芳颜，只要往前再迈出半步。那是为了一项农村调查，我辗转来到了她的附近地面。虽说只是外围，已尽显其超尘拔俗的风姿。一眼望去，峰与峰，似乎都长有眉眼，云与云，仿佛都识得人情，就连坡地的一丛绿竹，罅缝的一蓬虎耳草，都别有其一种爽肌涤骨的清新和似曾照面的熟络。是晚，我歇宿于山脚的苗寨。客栈贴近寨口，推窗即为古道，道边婆娑着白杨，杨树的背后喧哗着一条小溪，溪的对岸为骈立的峰峦。山高雾大，满世界一片漆黑。我不习惯这黑，翻来覆去睡不着，于是披衣出门，徘徊在小溪边，听上流的轰轰飞瀑。听得兴发，索性循水声寻去。拐过山嘴，飞瀑仍不见踪迹，却见若干男女围着篝火歌舞。火堆初燃之际，一半是火焰，一半是树枝。燃到中途，树枝通体赤红，状若火之骨。再后来，又变作熔化的珊瑚，令人想到火之精，火之灵。自始至终，场地上方火苗四蹿，火星噼噼啪啪地飞舞，好一派火树银花。猛抬头，瞥见夜空山影如魅，森森然似欲探手攫人，"啊——"，一声长惊，恍悟我们常说的"魅力"之"魅"，原来还有如此令人魂悸魄悚的背景。

从此，我心里就有了一处灵性的山野。且摘一片枫叶为书签，捡一粒卵石作镇纸，留得这脉红尘之外的秋波，伴我闯荡茫茫前程。犹记前年拜会画家吴冠中，听他老先生叙述七十年代末去湖南大庸写生，如何无意中撞进张家界林场，又如何发现了漫山诡锦秘绣，欣羡之余，也聊存一丝自慰，因为，我毕竟早他四五年就遥感过张家界，窃得她漏泄的吉光片羽。

是日，当我乘缆车登上黄狮寨的峰顶，沐着蒙蒙细雨，凝望位于远方山脊的一处村落，云拂翠涌，忽隐忽现，疑幻疑真，恍若蜃楼，想象它实为张家界内涵的一个短篇。不过，仅这一个短篇表现力就足够惊人，倘要勉强译成文学语言，怕不是浅薄如我者所能企及。天机贵在心照，审美总讲究保持一定的距离，你能拿酒瓶盛装月白，拿油彩捕捉风清？客观一经把握，势必失去部分本真。当然不是说就束手无为，今日既然有缘，咦，为什么不鼓勇试它一试。好，且再随我锁定右侧那一柱倒金字塔状的岩峰，它一反常规地拔地而起，旁若无人地翘首天外，乍读，犹如一篇激扬青云的散文，再读，又仿佛一集浩气淋漓的史诗，反复吟味，更不啻一部沧海桑田的造化史，——为这片历经情劫的奇山幻水立碑。

黄山天籁

　　山当中，身材最为高大骨格最为粗犷的，绝对是石头山。那些形容山的词语，随便抓上一把，比如什么岩岩、磊磊、嵯峨、峻峭、奇峰罗列、怪石嶙峋、重峦叠嶂、突兀奋怒，等等，望文生义，一目了然，都是缘于石族的——而不是土族的，更不是沙族的——视觉盛宴。

　　诗人说："山，刺破青天锷未残。"这是何等凌虚摩霄！你仰起头，眯缝了眼，左看，右看，上看，下看——但是呢，如果整座山都是奇岩怪石，光秃秃的，寸草不生，峥嵘是峥嵘了，崇赫是崇赫了，看久，看累，难免感觉逼人的压迫，刺目的蛮荒；这就需要绿。

　　绿色是一种保护色，对于眼眸，它能吸收大量的紫外线，耗散炫目的耀光。造物于是在山坡上布满植物，蒙茸的草，蓊蔚的树，郁郁葱葱，莽莽苍苍。人望上去，一派浓绿、深翠，浅碧、嫩青，心头油然而生春意，溢满愉悦。

　　问题是，漫山漫坡都是绿、绿、绿，景色未免单调乏味——人心是最难餍足的啊！造物有情，令旗一展，在高海拔的部位，撤去绿绒地毯，露出史前的不毛巨石，犹如书法中的飞白，绘画中的留白，使绿色与灰白、黛褐、赤红相间，形成冷色与暖色搭配，阴柔与阳刚互济。

这下好了吧？不，游人千里万里到此，面对绿海绿涛里突兀的峰巅坡脊，欣赏之余又略感遗憾……遗憾什么？你尚未开口，眉心微蹙，造物已然心领神会，但见巨手一挥，由山头向下蔓延，举凡有缝隙有裂罅处，皆狂欢般蹿起一蓬又一蓬不规则的小草小花，缀之以孤高自傲的虬松蟠柏，旁及不登大雅之堂的藤葛苔藓……刻板僵硬如太古的石颜，顿时掀髯莞尔，扬眉吟哦，翩然出尘——活了！活脱脱的点石成精！

难怪诗人与青山"相看两不厌"！难怪画家要"搜尽奇峰打草稿"！却原来，宇宙的生命精神，第一即是美学。

这里说的是一座山峰。如果是两座、三座、若干座呢，又得讲究个前拥后簇，高矮参差，错而得位，乱而存序。"横看成岭侧成峰，远近高低各不同。"哈，一座美不胜收的大山就这样横空出世，笑傲人寰。

树枝头，一只鸟儿飞过，无声，有影。你等待蝉噪，等待鸟鸣。蝉未噪，是心弦在撩拨；鸟未鸣，是诗情在发酵。记起南梁诗人王籍的名句："蝉噪林逾静，鸟鸣山更幽。"好个"林逾静"，好个"山更幽"，王籍生平不得志，事迹湮没无闻，却因了这两句诗——就两句，数来数去只有十个字！——开宗立派，引领风骚，名驻诗史。真是一字千金、一本万利。说到底，好诗也如同好山，不愁无人激赏。

远远的一朵闲云飞来。到得跟前，瞬间扩散成雾，幻化弥漫，蒸腾涌动，遮去眼前的石径、林莽、幽潭，山腰的云梯、峭壁、亭阁，只露出若浮若沉的峰尖，如岛，如鲸，如山寨版的海市蜃楼。美有千娇百媚，美亦有千奇百怪，雾为上苍的道具，一半的美都从云雾中来。

恍惚间有一粒雨，落在额头。愕然间，又一粒雨，一粒，巧巧落在唇边。我笑了：是云在行雨。云也笑了：从缝隙送过来一束阳光，金晃晃的，耀得眼睛睁不开。赶紧戴上墨镜，再抬头，阳光也笑了。我分明看到一影彩虹，恍若"美的惊叹号"。

雾渐渐散去，山道上过来一位挑夫，竹制的扁担横在右肩，一根差不多长的木棍搁在左肩，压在扁担下，向前伸出，与扁担成丁字状，左小臂搭在木棍上——想必是用来平衡双肩重量的吧。这种借力的方法，我是第一次见到。走近了，走近了，是一位三十来岁的壮汉，有着岩石一般的峻嶒骨架，挑的是粮食、水果、青菜，蓝布的坎肩为汗浸透，低着头鼓着劲，额角、脖颈、胳膊皆毕露着青筋。挑夫把担子放下，抽出木棍，一头杵在地上，一头顶着扁担，那高度，正好供他可以半站着歇息，不用大幅度弯腰。

"买根拐杖吧。"挑夫大声说，不像是兜售，倒像是谁粗心失察，疏忽了登山的装备。

左右无人，冲的是我。扭头，瞥见他装载果蔬的竹篮边插着两根藤杖。

瞧我年老？嘿，偏不买。实用功能，对我近于零；买回去作纪念吧，又岂不沾了负面的暗示。我摆摆手：不要！瞬间趁机把另一根手杖，记忆中最早也是最无价的手杖，急速温习了一遍：那是上古，那是鸿蒙初辟、神人不分的时代，夸父发奋追赶太阳，后勤给养跟不上，途中干渴而死，仆地倒毙之际，手杖从掌心滑脱，依惯性向前方飞去，杖尖插入泥土，立马化作夭夭灼灼的桃林。

这是古典的浪漫。不可复制，仅存象征。我非夸父，藤杖也决不会化作桃林。遂收回目光和思绪，仍旧仰了头——这回凝视的不是峰尖，而是刚刚从云雾中探出脑瓜的一株巨松。

这株松真是华贵英拔到极致！看哪，在纠蟠纠结的铁根之上，在离地半人高处，一干蘖生出五枝，相拥相抱，勠力向上，状如一把撑开的巨伞，不，一座绿色的通天塔。所有的枝柯都不胜地心引力，展开来，展开来，微微向大地倾斜，所有的松针又都和地心引力较劲，挺身矫首，戟指昊昊苍穹。啊，它们是如何从脚下贫瘠的岩层汲取乳汁，又是如何从头顶的日月星辰窃得天机？难以揣想，不可方物。这煌煌意象令我迷醉，就是这样，哪——就是这样，我把自己遗弃在原地，直到日色转暝，薄寒袭肘，同伴从云海山巅玩了一转回来，仍旧仰了脖颈，且屏住气，像一根心怀虔敬的松针，为天庭瑰丽、神奇的乐章所吸引，全神贯注，洗耳聆听，目光亦随之越过树梢、云层（看得见的或看不见的），努力向上，向上……

三　峡

　　城，为宜昌。关，为南津。久闻宜昌城乃三峡之起始，殊不知南津关乃三峡之门户，而三游洞又乃峡口之洞天福地，桃源胜境。卯年岁初，一个透明而微醺的半下午，友人为我补上了这迟来的一课。"三游"之谓，乃纪念唐代诗人白居易、白行简、元稹首创"到此一游"。方是时，洞隐绝壁，俯临深壑，非梯架绳缒不可入，入则空阔轩敞，如传说中之神仙修炼之所。让人在造化之前感叹造化，攀登之余吟味攀登。三人各赋诗题壁，白居易并作《三游洞序》，地以人彰，文以景著，后世，慕名而来者不绝如缕，若宋代，鼎鼎大名的，便有苏洵、苏轼、苏辙。"前游元白后三苏"，他们踩点，打前站，我们跟进，收获诗文和古迹，品味的是空灵，是超越，是"更上高峰发啸歌，风吹下界惊鸾鹤"。

　　是晚登上游轮，次晨启航，午前停泊"三峡人家"。乘缆车径取峰顶，浩浩乎如凭虚御风，现代科技给了你一双鹰的眼，这是一种高度，一种境界，让你恍悟那山势的千起百伏、山颜的千娇百媚，集纳了人类几乎所有层次的审美体验——从宇宙洪荒的造山运动到疑真疑幻的令牌石、灯影石，从悬河注壑的瀑布到曲似九回肠的溪涧，从色与彩的燃烧、流泻到光与影的追逐、纠缠。山中半日，世上千年——要千年的红尘浊世才能慢慢积累、领略。你从山巅一路玩赏到溪畔，赶紧打住，唯恐待久了拔不出脚。

午后，船过三峡水闸。闸分五级，如登楼梯，拾阶而上。然而，人未迈脚，船亦仅作水平的位移，奥妙何在？用一个成语表述：水涨船高。最复杂最先进的，其实也最简单。出得第五道闸门，江面豁然开朗。大坝外面是碧水，碧水外面是青山，是白云，山在傍水处托出一座新城，云在水尽头散作万缕青烟。长波天合，渊渟岳峙。李商隐诗云"春水船如天上坐"，油然涌上舌尖。游客把自己交给船，船把自己交给水，水把自己交给云，云把自己交给天。恍兮惚兮，说不清身在船上，身在水上，身在云上，身在天上。

呜！——汽笛长鸣。游轮徐徐西行，从容安详如凌波仙子。我登上六楼的甲板，借"微博"向天南海北的网友作现场播报，忘了观察江水是怎样由黛碧化作酡红又化作暗紫与深灰，蓦地惊觉，暝色已悄悄撒满峡江。"三峡千古不夜航"，那是老皇历了。须臾，月出东山，光华如水。月下，江面，前也是行舟，后也是行舟。探照灯在脉脉交流，马达在低吟，游鱼出听，宿鸟惊飞，夹岸群峰窃窃私语，千百年来，这是第一轮不眠之夜。三闾大夫从左后方的凤凰山送来夜航祝福。庆幸，崆岭滩已长埋波心浪底，深深。牛肝马肺石裹上一袭青袍，化具象为抽象。兵书宝剑峡红光烛天，似星斗又似瑞气。幻觉里，王昭君犹在香溪浣洗罗帕，偶尔抬头送过盈盈的笑；陆游仍伫立在南岸楚城遗址的风口，遥望江北怅叹："江上荒城猿鸟悲，隔江便是屈原祠。一千五百年间事，只有滩声似旧时。"而今谷升陵降，山水异势，屈原祠已挪地重建。仰观银汉迢迢，俯察江水泱泱，耳畔渔歌互答，滩声不再似旧时。

记不清在秭归还是巴东入睡，重登甲板，船已驶进巫峡。甲板上撑满了五颜六色的伞，因为雨。雨从半天云里飘洒而下，从两岸的峰巅、林梢飘洒而下，从楚辞、唐诗里飘洒而下。自打有了宋玉的《高唐赋序》，就有了缠绵悱恻的"巫山云雨"；自打有了李商隐的《夜雨寄北》，就有了烛影摇红的"巴山夜雨"。雨啊雨，滴滴答答，淅淅沥沥，敲在伞面，敲在甲板，敲在船舷。神女峰在哪儿？朝云峰在哪儿？游客大呼小叫，东猜西猜。我也惶惑，目光穿透层层雨幕，但见摩云凌虚的危崿，一座接着一座，你推着我，我搡着你，争先恐后地迎迓游轮，不，游人。"知道巫山十二峰吗？"转身问一位苏格兰的游客，两天的风雨同舟，彼此已形如"驴友"。此刻，他由一位女伴打伞，忙不迭地按动手中相机的快门。"不知道呢。"他答。"那您在拍摄什么？""拍画呀，"他奇怪我竟然如此发问，指着半天空一影烟雨迷蒙、虚幻如"米氏云山"的峰峦，大声补充，"拍你们中国的水墨画！"

船进瞿塘峡，云收雨歇，天气放晴。终于有机会好好品味，这山，这水。水，为湛碧，为渟泓，为莹彻，为潋滟。山，若昂藏，若磅礴，若孤拔，若鼎峙。山姿水态本已炫人眼眸，再加上任意排列组合，并辅之以光与影的旋律、韵律，辅之以你的直觉、错觉、幻觉，摊开来，摊开来，无一不是天然隽永的风景。方此时，船行江心，才惊危崖特立，飞泉激射，一个转折，又讶峰峦叠秀，倒影沉碧，再一转折，更喜含霞饮景，浮光耀金！

俯仰低回之际，游轮长啸驶出夔门。江北一峰崭然特起，白帝城到了。此峰原为半岛，三面环水，一面倚山，掌控瞿塘峡口，乃兵家必争之地。三峡库区蓄水后，倚山的那面亦已沉入江底，从空中鸟瞰，宛然茫茫巨浸中浮漾一只青螺。船泊码头，随众人上岸观光，北侧有廊桥飞架，过桥登山，迎面山门上镌刻着杜甫的名联："白帝高为三峡镇，瞿塘险过百牢关。"寥寥十四字，道尽了天造地设、鬼斧神工！山上有白帝庙，庙内庙外碑刻如林，历代文坛大腕，如李白，如杜甫，如白居易，如刘禹锡，如苏轼，如黄庭坚，如陆游，都曾登临览胜，留下炳若星辰的诗篇，是以白帝城又称"诗城"。这格调高！它一下子把众多围绕山川草木、花鸟虫鱼取譬的城市比了下去。金戈铁马的演义从来短促，"刘备托孤"的故事空留余韵，高江急峡的雷霆也已化作渺渺逝波，唯有文化的光彩历久弥灿，万古不磨，抚慰着历史也抚慰着现在和未来。我在碑林间徘徊复徘徊，想，倘若千年诗城举办千载诗歌大奖，从中遴选出一首最最气壮山河、砥砺人心的佳构，让我投票，我一定投李白的《早发白帝城》。其诗云：

> 朝辞白帝彩云间，千里江陵一日还；
> 两岸猿声啼不住，轻舟已过万重山！

风云西津渡

西津渡值得一游。

渡为古渡，今已废弃，只剩下缘码头而兴的老街，因此，所谓一游，只是逛街，而非观渡。

初闻西津渡，是在去年9月，一日，偕青年书法家王大文前往301医院，探望正在那儿疗养的季羡林先生。临了，季羡老慨然书赠大文古诗一首，诗曰："劝君莫惜金缕衣，劝君惜取少年时。花开堪折直须折，莫待无花空折枝。"这是名诗，大文识其意，但莫知出处，笔者晓得是出于《唐诗三百首》，却将作者记成无名氏——也是一说，果为无名，岂不是文坛一大憾事！归家查资料，方知确说为杜秋娘。杜秋娘何人？再查，得悉其祖籍润州，即今江苏镇江，唐代才女，善歌《金缕衣》曲。初为镇海节度使李锜之妾，后来李锜叛唐，兵败遭诛，秋娘乃被掳入宫中，作歌舞姬。因其一曲《金缕衣》，深得宪宗赏识，遂被收为妃子。宪宗对秋娘十分宠爱，曾有大臣劝其趁天下太平，多选民间美女充实后宫，宪宗自得地说："朕有一秋妃足矣！"可惜好景不长，宪宗未久驾崩。唐朝至此，已过了鼎盛期，日渐衰微没落。朝廷大政为宦官、权奸把持，接踵而代的穆宗、敬宗，也是旋起旋崩。文宗年间，杜秋娘企图中兴唐室，参与废除宦官、权奸的政变，事泄遭贬，削籍为民，回归老家润州。到了2004年，乡人为纪念她，特地雕像勒碑，具体地址，就在西津渡。

今年10月18日，笔者过访镇江，缘是之故，当晚踏月披星，前往西津渡一游。果然在一座小石山下，方亭侧，池水畔，邂逅杜秋娘的塑像。毫无疑问，乡人缅怀她，不是因为她的地位，而是因为她的才，虽然传世的诗，只有一首《金缕衣》，区区二十八字，但这二十八字，居然担当了《唐诗三百首》的压卷之作，令多少帝王将相、才子佳人掩卷长叹，自愧弗如。正如左侧方亭上那副楹联所撰："唐室无辜遗才女，京江千载念斯人"。凡是温暖文化的大才，老百姓是轻易不会忘记的。

秋娘背靠的小石山，古名蒜山（因其名，可以想见其形），今名云台山。蒜山本临长江，与东西两侧镇屏、北固、宝盖、五洲诸山衔接，形成岸线稳定的天然港湾。相传三国时，东吴大将周瑜曾在这里驻扎水师，于破山栈道之上兴建渡口码头。蜀主刘备来镇江，正是从蒜山渡，即今西津渡登岸。又据说周瑜曾与诸葛亮在蒜山议事，制订火烧赤壁的计谋，因此，蒜山又名算山。唐人陆龟蒙曾有《算山》一诗咏此："水绕苍山固护来，当时盘踞实雄才。周郎计策清宵定，曹氏楼船白昼灰。"

然而，由于一代又一代的泥沙淤积，江流改道，如今，蒜山已偏离江岸数百米之遥。渡口的功能丧失，老街的魅力犹存。是晚，从杜秋娘的塑像前出发，绕过一条深巷，未几，便来到一处倚山而建的街区。灯月交辉中，脚底是辙痕斑驳的青石板，道旁是飞阁流丹的古民居，头顶是层峦耸翠的山景。若是在白天，且与三两好友同游，定会挨个地品味那些唐代的渡口客栈、宋代的观音洞、元代的昭关石塔、明代的铁柱宫遗址、清代的英国领事馆，以及救生博物馆、五卅演讲厅，等等等等。所谓"唐宋元明清，一路看到今"。而街头那个名为"一眼看千年"的景点，隔着一层薄玻璃板，确切无疑地展示出原始栈道及唐宋元明清不同阶段的路面遗存。难怪英籍女作家韩素音说："漫步在这条古朴、典雅的古街道上，仿佛是在一座天然历史博物馆内散步。"

千年胜迹，必有与之相随的千年吟咏。站在街区尽头的半山腰，远眺北方灯火闪烁的江堤，脑海里油然浮起唐人张祜的《题金陵渡》："金陵津渡小山楼，一宿行人自可愁。潮落夜江斜月里，两三星火是瓜洲。"金陵渡是古名，即今西津渡。堪与张祜此诗媲美的，还有宋人王安石的《泊船瓜洲》，诗云："京口瓜洲一水间，钟山只隔数重山。春风又绿江南岸，明月何时照我还。"江之南，流之北，楼之外，舟之中，吟的诵的都是月色迷离的西津渡。月迷津渡，涛声撩拨乡愁。如今我骋目远眺，月色依旧，但涛声不再，毕竟"曾日月之几何，而江山不复识矣"。俄然想起日本十五世纪大艺术家雪舟的《大唐扬子江心金山龙游禅寺之图》，此画现藏于京都国立博物馆，上个世纪八十年代，我在日本见过的。其实，此画的主体正是一处深水良港，只是当时懵懂，没能和西津渡挂起钩。再往上推，十三世纪，意大利旅行家马可·波罗也曾由此港口登岸。哦，我们的西津渡还是蛮有国际知名度的哩！

夜深风凉，折回下榻的宾馆。友人送来数册有关镇江的介绍，其中便有《西津渡诗词选》。拿来随便翻翻，273页，160多位作者。我偷懒，只拣名气大的看。孟浩然的"江风白浪起，愁杀渡头人"，又是愁、愁、愁，不喜。许浑以"山雨欲来风满楼"名世，但他的"水接三湘暮，山通五岭春。伤离与怀旧，明日白头人"，"潮平仍倚棹，月上更登楼。他日沧浪水，渔歌对白头"，仍脱不了愁思一路，让人提不起精神。苏轼豪放，笔下"一笑江山发醉红""我醉而嬉欲仙去""蛱蝶人天身外梦，芙蓉星斗阁中书"，多少有点气势。赵翼的"白雪满头花满眼，一年两度到扬州"，稍可，算得差强人意。倒是无名氏有曲云："风云西津渡，江山北固楼，先得海门秋。手掌里金山寺，脚跟下铁瓮州。翻滚滚水东流，一线系三江夏口。"把众多名家都盖过去了。我为无名氏鼓掌。

碑如长剑青天倚

初次听说阳山碑材，是在江宝全兄的客厅，他一连说了两次，神色庄重而又虔诚，龚永泉兄也跟着附和，仿佛我至今还没有见过阳山碑材，完全是一桩低级的遗憾，一件不应有的疏忽，于是，我的心弦铮地一下被拨响了。只是，当场也发生了一点美丽的误会：因为毕竟是初次听说，不知"阳山碑材"四个字怎么写，加上二位略带南京口音，所以一个愣怔，错把"碑材"听成了"别才"。心想：严羽主张"诗有别才"，强调作家的灵感常常得之于书本之外，两位仁兄都是文章高手，他们推荐的阳山别才，莫不是阳山的某位嵚崎磊落之士，《儒林外史》中画没骨花卉的王冕一类的高人？后来——待到因缘聚合，宾主偕游，已是五个月之后——到了阳山才闹明白，所谓碑材，指的是三块庞然而蹲、巍然而耸的巨石。

瞬间的冲击，就是大。碑材按其功能造型，分为碑座、碑首，峨峨散落在阳山西麓，一眼看去，每一块都似高岩巨嶂，崭然突起。你读过《西游记》，记得那块孕育石猴的仙石吗：它高三丈六尺五寸，围圆二丈四尺，庞庞然大物也！但若搬到这儿，和最小的碑首摆到一起，高仅稍许出头，而围圆不足其八分之一！你读过《红楼梦》，应该对女娲氏补天用剩的那块顽石留有印象：它高十二丈，见方二十四丈，巍巍乎高哉，磐磐然巨哉！这几乎是上古人类想象的极限。但比较起眼前，粗仍不及碑座，高亦赶不上碑身，绝对相形见绌！我估了估，如果把三块碑石垒起来，不亚于一幢20层高的魁伟大厦。说到重量，更是令人吃惊：建造埃及金字塔的巨型石块，数千年来一直为世人叹为奇迹，然而，它们平均才重25吨，最大的也不过50吨，阳山碑材呢，说出来吓你一跳，最轻的碑首已在6000吨开外，最重的碑座，更高达16000多吨！嗨，如此峭拔凝立，硕大无朋，倘若不加说明，谁会想到它们竟是配套成龙的碑材？而一旦明白底细，接踵而来的疑问必然是：当初开山凿碑的工匠，是打算如何把它们运出深山的呢？退一步讲，就算他们有本事把巨石运走，又怎样才能把它们垒在一起，合成一座完整的碑呢？

宝全兄没有直接回答，他站在一旁自言自语："了不得，了不得！当初策划出这方案的，一定是大手笔。而采纳、批准这一方案的，也一定是大手笔。"他是独步江宁的企业家，也是笔惊风雨的文人，所以接纳万象，点评大千，总是离不开"方案""手笔"。

我赞同他的说法。其实人间一切伟大的工程，从金字塔到狮身人面像，从万里长城到兵马俑，首先在于创意，然后在于实施。当然，具体到阳山碑材，还必须加上一条发现。据导游介绍，南京一带的地貌属沉积岩，其原始状态，就像一摞一摞的云片糕，尔后经过地壳长期的摩擦挤压，莫不分崩离析，支离破碎，唯有阳山，因为处于一个盆状向斜的中心点，四周的压力奔涌到这里，彼此颉颃，相互抵消，岩层反而得以保存完好；再加上其他一些得天独厚的因素，才诞生了碑坯这样巨大而完整的石料。那么，又是谁发现这地心秘密的呢？一说是六朝时期的古人，一说是明太祖朱元璋的军师刘基。两种可能都存在，但不论是谁，他们都不是巨碑的创意者，提出在阳山凿石雕碑的，应该是，也只能是明成祖朱棣的朝臣，而拍板实施这一方案的，自然非朱棣本人莫属。

朱棣是谁？他是朱元璋的第四子。朱元璋建都南京，死后，传位于孙子朱允炆。燕王朱棣不服，起兵攻进南京，夺取政权。虽然这只是他们朱家的"内务"，但不管怎么说，朱棣执政，给人的感觉总像是抢来的。为了证明自己皇位的正统性，合法性，他就要"抓纲举旗"，以正视听。朱棣举起的旗帜之一，就是在阳山开采巨幅石材，为父皇朱元璋在孝陵修建撑天柱地的"神功圣德碑"。

朱棣此举，可算是前无古人，后无来者，联想到他同时主持编纂《永乐大典》，派遣郑和通使西洋、走向世界，迁都北京等等，作为帝王，他确实具有大魄力大气象。皇帝一声令下，官员火速驱使万名工匠上阵，限时限速，凡完不成日定工作量的，一律砍头。附近现存坟头村，相传就是当年掩埋惨死工匠的地方。伟大和悲惨，常常呈一枚硬币的两面。金字塔和狮身人面像，年淹代远，我们说不清楚，万里长城和兵马俑，哪一项不是血流成河，尸积如山！

然而，一年半之后，工程忽然中途下马，不了了之。三块初具雏形的碑石，就这样欲立犹仆，弃于蒿莱。这是怎么一回事呢？有人说，朱棣夺取帝位后迁都北京，已把建碑孝陵的事忘得一干二净。这种说法不准确，朱棣从作出迁都决议到正式异地办公，其间有个十几年的过程，并非是说搬就搬。再说，这么大的动作，哪能说忘就忘呢！依我看，问题还是出在无法运输。碑石开凿不久，朱棣曾派翰林院编修胡广等前往视察，归来写报告，说"仰见碑石，穹然城立"，朱棣是走南闯北的老江湖，他应该懂得这城墙般的大石是什么概念，当初虽然头脑发热，拍板上马，过了一段时日，自然会慢慢冷静，反省，于是传旨停工，低调处理。朱棣之后三百多年，随园老人袁枚为此案作了结论。袁枚推断："碑如长剑青天倚，十万骆驼拉不起"；并由此引发感叹："材大由来世莫收，此碑千载空悠悠"。也有人说，朱棣是何等聪明人物，他一开始就洞彻结局，明知不可为而偏偏要上马，只不过是借题发挥，大造声势，表演给天下人看罢了，用现在的流行术语来讲，就是作秀。

此说也有道理，朱棣上台，需要制造轰动，争取眼球，也无妨留些狂歌和悲壮，让后人细细咀嚼寻味，这是他的策略，也是他的特权。

一行人围着碑石爬高就低，评头品足。是日天阴，林寒涧肃，岚气袭衣。谈到如此旷古罕见的大材终于不能物尽其用，埋没荒废，大伙儿不免有些唏嘘抱屈。永泉兄默默徘徊，沉思有顷，忽然，他伸出两指敲敲碑石——奇怪，我的耳神经分明捕捉到金属的脆响——我以为他要发表看法了，赶紧趋前一步，洗耳恭听。永泉兄什么也没有说，却转过身来反问我的"高见"。我么，心里想的是："这样也好。碑嘛，其实已经立起来了。拉到孝陵，是为朱元璋一人守墓。留在这儿，则是为天地山河纪胜。"脱口而出的却是："朱棣撂下不用的，我想把它们运走，你说怎么样？"

这当然是一句灵机突发的笑谈。

是晚，乘 66 次特快返京。躺在软卧车厢，耳边听得一阵阵凌厉的呼啸，我以为那是火车带动的风吼，没怎么放在心上。谁知啸声随着车轮铿铿的节奏，越来越顽强，越高亢。感觉有异，连忙侧过头，掀起窗帘一角，啊，在不远处的地平线上空，三颗流星，三束璀璨的白光，正沿了和列车平行的方向，疾速飞驶。我恍然醒悟，这不是流星，它们就是我白天见过的阳山碑材！

蒙蒙眬眬中，我听见它们在说——是的，就是它在说——我们本是大山的一部分，石族中最幸运也是最优良的一脉。奈何生不逢辰，往前没能赶上宇宙剖分，银河奠基，往后又错过了女娲补天，灵猴托胎。如是亿万斯年，直到朱明王朝，才有幸入了成祖朱棣的法眼。满以为从此脱胎换骨，显赫于世，哪知工程半途而废，喏，就像你上午看到的那样，我们被撒手扔于荒野，既回归不了母体，又得不到任何保护。将近六百年来，任风吹，任雨淋，任牧童敲打雀鸟讪笑时光剥蚀。这其间当然也不乏有善解人意，不，善解石意的游客光临，他们大多缘于好奇，止于凭吊，匆匆而来，又匆匆而去，并不能真正深入我们的肺腑，体察我们的苦衷。今天总算碰到你。不是曲意恭维，你是一个特例，不仅充分肯定我们的客观存在——你的见解虽然没有明确说出，但我们通过你的唇语，已完全读懂；而且着眼长远，打算把我们运出深山，带去未知的世界。不瞒你说，你这句话恰恰点破了我们的心思。苍鹰向往风云，浪花向往海洋，自打工匠把我们同母体分离，雕凿成形，我们渴望的，就是怎样走出深山，去为一切大英雄大豪杰立碑勒铭。缈缈尘寰，滔滔流年，游人如织，而知音不可多遇，所以我们哥仨一商量，得，干脆跟你一道上路。

仍旧是迷迷糊糊，似梦非梦。我笑了，笑得极为开心，为自己的灵机突发，也为碑材的当机立断。不过，笑过之后隐隐又有点担心：你想，这样一座嶙嶙嶒嶒的巨碑，我要把它们竖在哪儿，才不致辜负造物的重托？

第三辑

二十世纪的绝唱

风

林徽因星临大野的美丽，离不开徐志摩的折射——

徐志摩以浪漫的诗情著名，而林徽因，则是他以全部心血，乃至三十六岁的激情生命，创造出的最最空灵隽永的一首小令。古人有言："所谓美人者，以花为貌，以鸟为声，以月为神，以柳为态，以玉为骨，以冰雪为肤，以秋水为姿，以诗词为心，以翰墨为香……"天哪，这样的美人胚，恐怕连上帝也难以塑造，然而，我们在徐志摩的瞳仁，在康桥的云影，在夜海的波心，却分明看到了她的倩影。

林徽因超凡入幻的美丽，也离不开金岳霖的烘托——

徐志摩坠机罹难，林徽因的梦幻股指应声跌却一半。好在，还有金岳霖继续托盘。金没有诗才，但有诗心、诗格、诗品。徐志摩的猝然缺席，给了他追求"东方维纳斯"的机会。林徽因永远失去志摩，是以也格外珍惜这份迟来的爱。"月明林下美人来"，老金扮演的是后来居上，伊人已经芳心摇曳，情迷意乱，梁思成也已准备拔脚爱河，跃身奈河。节骨眼上，他却宣布退出竞争；不是缺乏勇气，而是出于一份唯美的理智：他自觉梁之爱林，彻入骨髓，而他的爱，仅仅深及肺腑。

从此，他就成了名副其实的护花使者。林徽因走到哪里，他就跟到哪里。不即不离，若父若兄，终生不娶，心无旁骛。他布道的是维多利亚时代的美学。他是"雪满山中"拥被独卧的"高士"。他是天使。

林徽因夺神炫目的美丽，当然更脱不开梁思成的辉映——

梁思成给了她煊赫的背景，恰似星子高悬在黑天鹅绒的夜幕；梁思成给了她纯真而圆融的爱，宛然轻舟系泊在宁静的港湾；梁思成给了她宽阔而高雅的舞台，犹如春燕剪影在透明的蓝天。梁公子的大度令世人肃然起敬——爱和被爱，任凭伊人自由；梁建筑师拐着一只跛足却健步如飞——是他给爱妻孱弱的身躯注入丰沛的活力，迎阳大笑有如"百层塔高耸"，有如"万千个风铃的转动，从每一层琉璃的檐边，摇上，云天"；梁教授夫妇的成就世所共仰——他俩携手让永恒的生命，铭刻在庄严的国徽与耸入云霄的人民英雄纪念碑。

花

陆小曼的绝代风华应是无可置疑——

老派的胡适推许她是旧北京"一道不可不看的风景"；新潮的刘海粟称赞她"旧诗清新俏丽；文章蕴藉婉约；绘画颇见宋人院本的传统，是一代才女，旷世美人"；郁达夫的夫人王映霞感慨她名不虚传，"确实是一代佳人"，"可以用'娇小玲珑'四个字概括"；陆小曼的干女儿何灵琰，对她更是推崇备至，何说，"干娘是我这半生见过的女人中最美的一个"，"淡雅灵秀，若以花草拟之，便是空谷幽兰，正是一位绝世诗人心目中的绝世佳人"；就连徐志摩的前妻、陆小曼（世俗眼里）的冤家对头张幼仪也坦率承认，她"的确长得很美，有一头柔柔的秀发，一对大大的媚眼"。

"一双眼也在说话，晴光里漾起，心泉的秘密"，这是徐志摩的描绘。关于陆小曼的风姿，最有发言权的，自然要数这位硖石才子、天生情痴。诗人是在一次舞会上初见小曼，那时他舞累了斜靠在沙发打盹，大门启处，厅内突然分外亮堂，抬头，一片彤云飘过眼前。袅袅一姝，是娴雅？是窈窕？是典丽？脑海突然呈现空白，搜肠刮肚，难以为词，他"只觉得从来没见过这样美丽的女人，也不相信天下还可能有比这更美丽的女人"。

徐志摩对陆小曼一见倾心，随即把曾经投向林徽因的、没有着落的、磅礴热烈犹如熔岩喷发、焰火炸射的情感，一古脑儿转移到小曼身上。他对小曼表白："我没有别的办法，我就有爱；没有别的天才，就是爱；没有别的能力，只是爱。""老师梁任公以前批评我的时候，我曾对他说：'我将于茫茫人海中访我唯一灵魂之伴侣，得之，我幸；不得，我命。'小曼，今天我得到了，我只要你，有你我就忘却一切，我什么也不想什么也不要了，因为我什么都有了。"

然而，面对陆小曼的传世照片，我却无法相信自己的眼睛——

它不是一张——一张可能走相，也不是两张、三张——年代久了偶尔也存在失真，它是十来张，二十来张，或许更多，分属于不同的历史时期，不同的生活侧面，我的眼珠在抗议：这哪里是什么绝世佳人？这哪里是什么迷人的风景？也就是中等姿质，小家碧玉，只能说马马虎虎，差强人意；拿它和同时期林徽因的玉照相比，简直是一个在天，一个在地。

呜呼，天何厚爱于林徽因，而薄情于陆小曼耶？乃至纯然客观的机械的相片，都不能恰到好处地感光、定影、写照、传神！

雪

张幼仪也是美丽的，而且美得健康，美得飒爽，美得持久，只是，御风而行、流星一闪的诗人无缘体认——

旅居伦敦的日子，徐志摩迷上了林徽因。诗人是那种夸父逐日的性格，他一旦迷上了谁，任是西天八骏也拉不回头。幼仪自然无能为力，她审时度势，当机立断。"好吧，摩，"她对丈夫说，"我不忍心看你受罪，也不愿意让自己变成讨人嫌的角色。假如可以使你得到幸福，我自愿作出牺牲。"

快刀斩乱麻，1922年3月，德国柏林，张幼仪以有孕之身，同徐志摩协议拜拜。

据说，这是中国近代史上第一件文明形式的离婚。

张幼仪孤身一人陷身欧洲，不懂外文，身怀六甲，处境够悲惨的了吧。倘若换了林徽因、陆小曼，凭她俩那娇怯怯的弱躯，结局将不知如何收拾。幸亏，幼仪不仅体格健壮，神经也足够坚韧，她一边忙着生育、抚养次子彼得，一边入裴斯塔洛齐学院，专攻幼儿教育。

彼得不幸夭折，苦命人祸不单行。幼仪含悲忍泪，坚持完成学业。1926年夏，她应徐志摩父母之请返回故国，暂住北京，次年移居上海，先是在东吴大学教授德文，而后涉足商界，出任上海女子商业储蓄银行副总裁，兼云裳服装公司总经理。

大约是1927年春天，胡适设家宴款待燕尔新婚的志摩和小曼，顺便请幼仪列席——不知这位哲学大师拨动的是哪一粒算盘珠？幼仪欣然前往，席间不卑不亢，落落大方，显示出磊落的胸襟和成熟的气度。

又二十年后，林徽因在北平病重住院。她怕自己不久于人世，便托人捎话给沪上的张幼仪，希望能见上一面。——这是她思虑周全，希望对当年闯入徐郎灵腑，造成徐张家庭破裂的内疚，作出宗教情怀的了结。幼仪携长子积锴赶往北平，会晤时，徽因已十分衰弱，只是卧在床上，定定地凝望幼仪母子，自始至终，没有说一句话。是无力说，也是不必说，当事人心有灵犀；幼仪从对方深情而略带歉意的眼神中捕捉到：她是爱徐志摩的。

张幼仪活了八十八岁，比起林徽因的五十零一，陆小曼的六十有二，算是笑到了最后。晚年，张幼仪在纽约接受侄孙女张邦梅的采访，把自己和徐志摩的悲欢聚散，云谲波诡，和盘托出，给后辈，也给逝去的岁月一个明确的交代。

月

张幼仪没有看走眼，林徽因委实是深爱她的摩的——

1931 年 11 月 19 日，济南党家庄上空一声霹雳，噩耗传到北平，林徽因三魂失了二魂。她为徐志摩精心制作了一只希腊风格的花圈，交由梁思成带去飞机失事现场——这事犹在情理之中；接下来的举动，就要令世人瞠目结舌了：她让丈夫从现场捡回一小块飞机残骸，并且把它悬挂在卧室的床头，直到去世！

据说，那是一块焦木（早期的飞机有些部分是木制的）——它见证了生的高蹈和死的决绝；此木曾是彼树，彼树曾覆绿荫，曾邀鸣蝉曾凝风露，曾映繁花曾梳云影，曾笑看夏日流萤冬日雪花，也曾悲吟"春色三分，二分尘土，一分流水"，不，是"三分春色二分愁，更一分风雨"。

噩耗同时击倒了在上海的陆小曼——

棒喝是什么？痛心疾首是什么？悔不当初是什么？生不如死、死不复生是什么？多少前尘成噩梦，万千别恨向谁言？小曼不比徽因，犹能博得世人的同情，她被视为诗人疲于生计、南北奔波而终遭不测的罪魁祸首——曾经的纸醉金迷，曾经的荒唐任性，顿时成为社会攻击的靶心。

对此，小曼不辩白，不解释；她从此不着艳服，不宴宾客，不涉娱乐场所；闭门思过，潜心编辑《志摩全集》；卧室挂着徐志摩的大幅遗像，一年四季，供放鲜花；案头压着白居易的长恨词："天长地久有时尽，此恨绵绵无绝期。"

死难再次把张幼仪从幕后推到前台——

幼仪虽然和志摩离异，但她离婚未离家，仍然是志摩独子的监护人，是昔日公婆的"义女"，兼且，她拥有一份独立自主的尊严和善待众生的大爱。志摩去后，幼仪一如既往地开拓事业，培养儿子，侍奉诗人父母，关怀包括小曼在内的所有志摩的亲朋；她还请梁实秋出面，主编、出版了一套台湾版的《徐志摩全集》。

晚年，张幼仪告诉她的侄孙女，回顾既往，如果说曾经有恨，她恨的不是陆小曼，而是林徽因；原因不在于林拆散了他们夫妻，而在于林既答应了志摩，又闪了志摩，弄得他进退维谷，身心交瘁，——用今人的话来说，就是找不着北。幼仪在被遗弃之后，仍然设身处地为负心郎着想，痴情若此，天下能有几人？事情也许正像她自己说的，在徐志摩"一辈子遇到的几个女人里面，说不定我最爱他"。

大气磅礴的舞魂

一、依莎多拉·邓肯

"我听见美国在歌唱,我听见各种各样的歌……"这是诗人惠特曼的感悟,依莎多拉·邓肯从中受到激励,当她在舞台起舞,仿佛"看见美国在舞蹈,高踢的一条腿掠过洛基山的峰峦,展开的双臂伸向大西洋和太平洋,美丽的头颅耸入云霄,戴着缀满星辰的皇冠。"

美,源于观察,源于自然和社会的启迪。邓肯生长海边,她叙说自己幼年的舞蹈概念,就是得自海浪的奔腾起伏。稍长,云卷云舒,花开花谢,鸟飞鸟翔,都汇入了她的艺术视野。那年初闯巴黎,她天天去卢浮宫,一待就是几个小时,她那喷射着饥火的饕餮目光,让管理员起了疑心,她只好比划着跟人家解释,我别无他意,请原谅,我是研究舞蹈的。初次访问佛罗伦萨,她花了几个星期逛美术馆;在波提切利的油画《春》前,她干脆坐定不走,直到自己也融进画面,化作一朵随风绽放的鲜花。初次游览雅典,迫不及待想朝拜的,是巍峨庄严的神庙,当她拾级而上,站在圣殿前的一刻,她形容自己:

"感觉生命像衣服从身上一件件剥离，仿佛魂游地府，经过漫长的屏息敛气，重新获得生命，睁眼打量这个陌生而又圣洁的世界。"

这些都属于形象思维的互借，触类旁通，心领神会，亦如她从贝多芬分享雄浑的旋律，从罗丹分享雕塑的神韵。让我深感意外的是，她还善于从哲学汲取营养。她说，曾经有一段，"每次，结束了令观众欣喜若狂的演出，回到家里，我就会换上白色舞衣，冲一杯牛奶放在桌旁，仔细阅读康德的《纯理性批判》。"而过了一段日子，她又迷上叔本华和尼采，她说，"第一次阅读叔本华，就为他揭示的音乐和意志的关系深深折服。这种德国人所说的神圣思想，好像把自己带进了一个超凡入神的世界。"而尼采，她认为正是他"孕育了舞蹈的伟大精神"，他是"世界上第一位舞蹈哲学家"。

爱情和艺术，是构成邓肯生命的两大元素。她坦承自己曾陷溺于爱欲，"若有人指责我，"她说，"就请先指责造化或上帝吧，是他们把这一时刻设置得比其他任何经历都要妙不可言。"但在实践中，"因为艺术要求苛刻，要求毫无保留地奉献一切。而女人一旦陷身热烈的爱，就会心甘情愿地放弃其他一切。"既然鱼与熊掌不可兼得，那么，经过痛苦抉择，她只好放弃爱情，"把整个生命都献给缪斯"。

依莎多拉·邓肯没有读过几天小学，也没有经过专业培训，就舞蹈来说，是百分百的无师之徒。她敏于时代感应，具有天生的创新精神，她大胆突破芭蕾舞的矫揉僵硬，创造出自由奔放的现代舞。她把这比喻为一场革命，既是艺术的，也是性别与人性的解放；她的崇高理想，就是用自己的形体语言，复活惠特曼的美利坚！亚伯拉罕·林肯的美利坚！

二、海伦·凯勒

摊在我案头的这篇邓肯传记，题目叫《爱与自由》，它与海伦·凯勒的《假如给我三天光明》、居里夫人的《我的内心独白》，合并为一本专集，总的名称叫《最伟大的三大女性自传》。

我是按编辑次序首先读完海伦，内心受到强烈的震撼。海伦的印象如刀镌斧刻：她一岁半失明，兼且失聪，看不见，听不见，当然也不会讲话。按常理判断，完全一个废人。但是，在莎莉文小姐的天才调教下，她不仅学会了骑马、骑车、下棋、游泳、划船，学会了讲话、讲演、戏剧表演，还掌握了英、法、德、拉丁、希腊等五种语言！（亲爱的读者，你掌握了几种？）想想就叫人头晕。

你难以想象她是如何克服困难。譬如说学习讲话，学话先要学发音，26个字母，从A开始，一般幼儿是跟着大人，张口即来，牙牙学语，她呢，因为听觉、视觉失灵，只能靠触觉，她用手指摸索老师的喉咙与嘴唇，感受发音器官的微妙运动，然后作想当然的模仿。盲人摸象，难免差之毫厘，失之千里。失之千里怎么办？再摸，再模仿，翻来覆去，经天累月。直到口舌生茧。直到中规中矩，合辙合韵。

我们常说"功到自然成"，除了吃苦、流汗、熬夜，是否有谁想过牵着骆驼穿针眼？这句例出耶稣的比喻，原意是不可能，海伦·凯勒凭其超人的意志，硬是把不可能变成了可能：她不仅学会讲话，学会听话（把手放在别人的唇上），学会听琴（把手搁在琴弦），还磨炼出一手好文章，其构思的精巧，感觉的灵动，词句的优美，令不少专业作家相形见绌，自愧弗如。为此还闹出误会，她的第一篇文章，因为太超常了，太不可思议了，世人啧啧称羡之余，谁都不相信这是出自一个双料残疾人之手。尽管有了解她的马克·吐温出面作证，还是驱散不了狐疑。好在海伦新作源源不断，每一篇都石破天惊，不同凡响，终于以响当当的实力，令世人刮目相看。

海伦一生共出版十四部专著，她的作品被译成五十多国文字，风靡世界。好莱坞把她的事迹搬上银幕，邀她担任主演。哈佛大学赠予她名誉学位。美国政府认可她是全美最杰出的三十位人才之一，由总统亲自颁发"自由奖"。联合国发起"海伦·凯勒"运动，旨在帮助世界各地的聋盲儿童。美国海外盲人基金会颁发"国际海伦·凯勒奖金"，用以开拓、健全盲人的公共事业。

马克·吐温一直关注海伦的成长，他说，十九世纪有两个奇人，一个是拿破仑，另一个就是海伦·凯勒。

读罢海伦·凯勒传记，不由你不拍案惊奇！不由你不血脉偾张！然而，掩卷回味，我并没有感从中来，思如泉涌，把她写进我的散文——这年头写作愈来愈难，好的构思都叫旁人穷尽，有时煞费心机也捕捉不到一个鲜明而独特的意象。直到接下去读了邓肯，读到她的"美国在舞蹈"，这才眼前一亮，恍悟我们伟大的海伦，也是一个把飘逸的舞姿印在蓝天的精灵。

那样的霓姿虹影不是谁都能够创造，但却是人人得而仰观，得而神往。

三、玛丽·居里

最后阅读的，是居里夫人的独白，由于有了邓肯和海伦的先入之见，我的耳畔，始终飘荡着舞蹈的旋律。

老实说，玛丽·居里这样的女性，纯粹是为了科学来到人世的；不到二十岁，她就确认了人生的大目标："我是谁？我在这儿做什么？"她不断提醒自己，无论如何，我一定要"成为一个重要人物"！

玛丽·居里出生在波兰华沙，十六岁中学毕业，当了七年家庭教师，二十四岁，怀揣微薄的积蓄，前往法国巴黎闯荡。然后就一直在那儿读书、结婚、生子、从事科研，直到功成名就，蜚声世界。

巴黎是一个五光十色的旋涡，崇尚唯美，沉湎交际，其色彩定格，就像雷阿诺的《红磨坊的舞会》。玛丽·居里不属于巴黎的舞榭歌台，她在那儿度过了两个"伟大突出而勇敢无畏的时期"，每个时段都长达四年：一是作为穷苦的留学生，租住在一间狭小而寒冷的阁楼，尽情遨游知识海洋；一是和丈夫皮埃尔·居里携手，利用一间废弃的工棚，完成当时世界上最伟大的实验：从沥青铀矿提炼钋和镭。关于这间工棚，他们的女儿艾芙记忆尤深，她说："这棚屋只有一个好处，它是那么破旧，那么不引人注意，因此，不会有人想到不许他们自由使用。"居里夫人对那段日子也刻骨铭心，她写道，"最辛苦的莫过于从沥青铀矿提炼镭，我不得不抱着和我体重不相上下、与我身高相仿的大铁棒，不停地搅拌沸腾的铀矿。一天下来，不等工作结束，我就累得瘫倒，一动也不想动。"

曾几何时，诺贝尔奖代表至高无上，谁有幸获得一次，他就攀上荣誉的巅峰，而居里夫人，先后获得两次，她是如何看待这一殊荣的呢？作为自白，她不会渲染自己的高尚与自持——譬如把奖金赠送给科研事业和客居的法国，把奖章送给小女儿作玩具——她只是委婉表示，出名之后，最害怕的就是记者的采访，"虽然他们并无恶意，出发点都是好的"，但是，毕竟影响了工作。具体到荣誉，她特意强调，——"我和皮埃尔奉行相同的行为标准，我们都没有接受任何荣誉的欲望。

曾经有人提议授予皮埃尔荣誉勋章，他拒绝了。1910年，又有人提议将此勋章送给我，内务部也三番五次地劝告，希望我能接受。我不想违背皮埃尔的处事标准，也断然拒绝。"

爱因斯坦说："居里夫人是唯一没有被荣誉腐蚀的人，她的品德力量和热忱，哪怕只有一小部分存在于欧洲的知识分子中间，欧洲就会面临一个光明的未来。"

啊，把这样一位天使级的科学家比作舞者，是否是一种亵渎？不，凡天使都是舞者，都是上帝沙龙的嘉宾。而伟大的生命降临尘世，他们的所作所为，极而言之，莫不是引导世人摆脱尘网的束缚，努力提高，升华，飞舞，向着辉煌的天国……

少女的美名像风

说到街心公园、小镇，你不会怦然心动。告诉你小镇位于万山环抱，是吗，这你就要考虑考虑，看看究竟是什么性质的山，什么性质的镇。再告诉你万山丛中的小镇行将迎来建镇八百周年，啊，啊，这下你来了精神，在哪儿？在哪儿？八百周年，小镇，够沧桑！够经典！这种大特写，美国没有，欧洲稀缺，即使在咱华夏，在历史感如黄土高原沉积、如寿星老儿额头皱纹堆积的华夏，也是屈指可数，可遇而不可求。人间胜境，盛会华典，缘不可错，机不再来！假若你有探幽访胜癖加写作癖，如我，相信你马上就会找出旅游地图，在大致的目标方位圈圈点点，然后拟定路线，联络文友，准备不日登程。

但是有人比你捷足先登。谁？京城的一位工艺美术大师。大师应古镇之邀，前去帮他们建一座雕塑。关于雕塑的设想，古镇方面说了但说得极其形而上他们提出：既要能反映古镇人世世代代美好的愿望，也要能象征古镇今日朝气蓬勃的青春。

大师毕竟是大师，他经过一番深入采访，反复认证，很快就贴近镇人的脉搏。作为地点，他选择了街心公园；作为构图，他设计好一位少女。注意，不是那种高鼻深目、丰乳肥臀的西洋造型，也不是那种蛾眉樱唇、娇小玲珑的古典闺秀，而是一位要多健美有多健美、要多清新有多清新的村姑。这姑娘就地取材，不，我是说这模特儿就地取材，大师那天去仙霞岭采风，他一眼就看中了在悬崖采药的少女。这女子十六七岁，长得端庄而大方，山月和山花的色彩，山岩和山泉的线条，都在她的身上得到完美的体现。塑像完工的时候，镇领导的啧啧赞叹，让塑像原本青春的脸庞更加青春，原本动人的身姿更加动人。他们说，想不到山洼洼里还有这等标致的女子。他们又说，她是月神，她是百合花，她是巩俐她妹，她是……她还是什么？可叹他们想象贫乏，语汇短缺，挑不出更多的形容词。末了，唯有耸肩摇头，张口结舌。

古镇欢度八百周年诞辰，会场别无选择地设在了街心公园。庆典的重头戏之一，就是塑像揭幕。那天，四乡八镇的百姓都赶来看热闹。出席典礼的，还有地区与省城的头头脑脑，以及京城方面的公众人物。这些公众人物，说出来都大名鼎鼎，哪儿有他们身影，哪儿注定就蓬荜生辉，阳光灿烂。然而，这次他们却集体领教了啥叫冷落。不是主人招待不周，而是少女的光芒太耀眼。少女作为嘉宾列席，一举一动都牵引着观众的视线，学生娃子争着请她签名，上年纪的含笑邀她合影，更有一拨远道而来的商人，以他们猎犬一样的果断进击，纷纷亮出高价，引诱少女走出穷乡，到山外去征服更多的人心。

少女的机缘来了。站在大理石砌就的台阶上，万紫千红在对她微笑，她也微笑凝视那万紫千红。人说，女儿的青春如花，美貌如花，命运也如花。人说，花季之后紧跟着是雨季。而今，花开了，雨也来了，透明而又凉爽，淅淅沥沥，是甘霖。她，理应仰脸承接。塑像是广告，商人是顾客。塑像是通行证，商人是桥。既然你已勇敢地迈出了第一步，就不妨把道路向前延伸。成功就是把一做成二，把茧抽成丝，大成功就是大抽丝，无限成功就是无限抽丝。面对新的诱惑，少女表现出了传统的矜持，以及戒备。她是担心，万一遇上陷阱，不可测不可抗的陷阱。再说，祖宗也没有赋予她一而再再而三的冲动。唉，她是光开花，没坐果，空有机会，没有良缘。于是，庆典结束，华丽谢幕，少女仍旧回到她的山村，守着从前的模式过活。

从前却再也回不来了。塑像立在了街心，也立在了世人的心上。少女的美名像风，迅速刮遍远近。刮得青山更翠，刮得樱桃更红，刮得泉水更清。然而，风刮大了，果实就会摇落，刮得久了，鸟儿也会感冒。待最初的一阵兴奋退潮，冷淡就应运而生。冷淡是冷漠的姐妹，冷漠又和反感结邻。反感出场，正戏就开始反唱。先是，邻家的妹子说少女根本就没有那么漂亮，是她疏通了雕塑家，雕塑家便不负责任地把她美化。随后，一个追求她而不得的后生放言，雕塑家本来看中的是邻村的一个女子，是她拉拢了镇上的某要人，结果才变成"狸猫换太子"。再随后，各种流言蜚语，幕后新闻，犹如黄昏里的蝙蝠，在村庄上空肆意翻飞。

流言传到镇上，镇人也一改以往的艳羡，开始戏说她的"野史秘闻"。这中间绝对没有鸿沟，也不存在几多恶意。他们只是在茶余酒后，拿她来润润嗓子，濡濡肠胃。美丽如巩俐又怎样，辉煌如刘晓庆又怎样，在大报小报的娱乐版，还不是供人蜚短流长。

弄到后来，连最亲最近的家人，也对少女侧目而视。仿佛塑像的存在，不再是为古镇提供一种青春的焰火，希望的蓓蕾，文化的沉淀，美的旋律，而成了……成了他们万难承受的耻辱柱。

你可以想象，安宁、淳和的日子永远离少女而去。少女并不知道问题究竟出在哪里，只感到流言像一面巨大的磨盘，压得她终日抬不起头、直不起腰、喘不过气。以往单纯而又明净的女娃，敏捷似猿猴、勇猛似猎豹、热情似山鹊的女娃，日益变得沉默寡言，郁郁不乐。

辛巳年秋日，当我跋山涉水来到这座古镇。我来迟了。盛筵已散，花事已残，少女的名字触舌不再芬芳。人告诉我，美貌非凡的少女不幸患了精神分裂，整天把自己关在屋里，拒见外人。也有人告诉我，不是那么回事，只不过少女感到在当地已难以生存，如今已躲去外省，在一个鲜为人知的小镇打工度日。

淡月下，我寻到那座街心公园。夜气如洇，风凉似水。少女扬起的手臂在设疑，像托着一个巨大的问号。恍然，环视曲径两侧，草坪凝露为霜，花朵没精打采，竹林收起生机，撒下一片迷茫。稀疏的灯火如惺忪睡眼，四周的屋宇耸成叠嶂，墙壁如悬崖，屋顶如山脊。而稍远，那些在黑暗中蹲伏的峰峦，冷冷，森森，和天空勾结成一体。更远，一列锯齿形的山梁后，隐隐，躲着几粒星子，探头探脑，仿佛在窥伺人间的动静。

断　虹

　　当一个人陷于烦躁困顿，最需要的，莫过于一帖安魂剂。它可以是一丝微笑，一脉眼神，一束穿云而射的阳光，一阵悄然而兴的清风，一段温暖肝肠的回忆，也可以是，就像眼前这样，一个突如其来的电话。——说这话时，我正驾车来到京沪高速河北段收费站，由于夜间大雾，前方封路，不得不尾在一望无尽的车队后苦捱苦等。可巧这时候，她的电话来了。

　　接听，满腔烦躁顿时一扫而光。这不是寻常的来电，我和她，屈指算来，已有三十六年没有见面。三十六年的暌违久隔，一万三千多张日历的空白和遗忘！紧急搜索，脑屏上闪现的仍是她十六七岁的模样：瓜子脸，细腰，配着一根古典的长辫。甚或更往前推：花衫，短裤，大眼，动不动嘟着樱桃小嘴，以谁见谁怜的稚态，黏在大孩子后面，一颠一颠。啊，那大孩子不是别个，就是我。

　　喜出望外，忙问：“你这些年都在哪儿？”

　　她答：“客居旧金山。”

又问："你这一会是在哪儿？"

答道："在老家建湖。"

耳机那头传来熟悉的笑，——女人的笑声总是富有某种磁性。她说上月回国探亲，途中经过北京，曾通过我所供职的报社找我，遗憾的是我那天家里没人，手机也没开，错过了一次见面的机会。

"天意从来高难问。"莫名其妙地，我竟想到了天意。我告诉她："你这电话来得正好，今年我们全家回江苏过春节，这会儿已在路上，今晚肯定到射阳，明天我去建湖看你。"

她犹豫了一下，说："我是明天下午从上海飞旧金山，一早就得离开建湖。"等等又说："你现在到了哪儿？河北青县。青县离盐城多远？八百公里。这样吧，咱们说好，晚上在盐城见。"

关掉手机，恰好高速公路开始放行，马达欢吟，加上"有客自远方来，不亦悦乎"的欢畅，禁不住陷入双倍的陶然，欣然，飘飘然。坐在一旁的老伴插话："你这同学，以前怎么没听说过？"这当口有个老伴压阵，也是天意，免得我魂不守舍，忘情飙车。

我说："谈不上同学，她比我低四五级。"

她是比我低四五级，而且不是一个学校，而且也不是一个县。这么说，是想告诉你，这里没有什么青梅竹马。当然，有一段青梅竹马的纯情是幸福的，我老先生不怕承认这一点。可惜，我没有。我和她，只是在一个暑假里认识，那年我回建湖，回我父辈的祖籍，寄居在一位亲戚家里，她哩，恰好隔壁。那个暑假，我已念完高一，她才读罢小学五年级。我上有两个哥哥、两个姐姐，下有一个弟弟，就是没有妹妹，她正好补了这个千金难买的缺。于是，在那个金黄、浑朴的暑假里，在充满祖辈传说的河汊湖港，一个神气活现的大哥哥带着一个乖巧伶俐的小妹妹到处闲逛，这就是我关于那段岁月的远年印记。

镜头迅速切换到北大。文化革命。举国大串联。大概是六六年的十月，她到北大找我。我记得清楚，她臂上没有红卫兵袖章，在造反派麇集的校园显得异常另类。衣着也过于光鲜——即出格。辫子，倒是盘起来了，出门用一顶军帽压上。我领她看大字报，先是北大，继而清华，继而八大学院，继而扩展到北京市委、外交部、文化部。然后又陪她去了一趟颐和园。万寿山下，牌楼前，一个女人裹着当年十分稀罕的面纱拍照。我忍不住照空啐了一口，操着当年流行的革命腔，咒骂对方是"小资产阶级"！她拿眼角瞟了瞟我，没说话，走出老远还一再回头。

接下来是空白。空白。大段大段的空白。我和她，生命成了两条平行线，在任何一点上都没有相交。直到八十年代的中期，我收到一册寄自香港的杂志。信封上没留地址，也没留姓名。翻检目录，查到她的一篇署名小说，演绎的是三十年代一帮船夫的快意恩仇，背景为射阳河。

再后来又是空白。风筝断线，黄鹤渺邈。我相信我已经忘了她，如遗忘一朵昨日的小花。然而，手机一响，仅仅是几分钟前，她又轻而易举地闯入了我的生活。生命于是重新链接。回忆于是重新激活。首先浮上心头的，是我高一年级的作文本，上面圈有若干"传观"的字样，她那时是拿了去，一直未还，不知如今还有没有保存？接踵想到的是，从来没听说她有什么海外关系，怎么后来就去了香港？怎么而后又去了美国？

这些，电话里当然不宜问，且到晚上再说。

这一天，是二零零三年元月二十五日，天，始终阴沉着，是下雪的前兆。这不是杞人忧天，昨晚气象预报，就说新疆北部、内蒙东部的暴风雪南移，日内将席卷华北。因此，关于今天是否按既定计划启程，一家五口至少有三个曾举棋不定。末了还是老伴一锤定音，她说："……等什么等，明天一早就走，趁这雪还没有下大，赶紧动身！"所以我们今天黎明即起，抢在雪花飘落之前，冲出北京，冲过天津，一路上紧赶慢赶，马不停蹄。虽然在河北青县收费站受到小小耽搁，毕竟只是一会儿工夫。现在好了，道路开阔，车流通畅，天光也仿佛受到感染，以一种大度而又雍容的清朗逐步淘汰朦胧。值此之际，老实说，即使没有她的电话，我也会开得飞快。间或超一超速，小小的违规。违规当然不好，可是我发现凡是够档够威的轿车，速度都在我之上。仗着大路朝天，一人半边，超速行驶，已成了高速公路的家常便饭。路旁倘若有执法如山、铁面无私的交警，保证一逮一个着。

傍晚驶入江苏，谢天谢地总算成功摆脱了暴风雪的追赶，却又遇上了劈头盖脸的大雨。雨啊雨，"天水空蒙，只将暝织愁……"——记不清这是谁的句子，反正不是我的——难道这也是天意？从宝应下高速，转向盐城，由于路况不熟，七问八问，直到八点来钟，才摸到目的地。承施建石先生照拂，安排住在瀛洲宾馆，行装甫卸，她的电话就过来了。她说她七点到的盐城，路上淋了雨，这会儿身子有点不舒服。我说你怎么会淋了雨？难道你坐的是敞篷车？难道你路上就没有带一把雨伞？她说伞是带着的，但是没有坐车，她是从老家步行到盐城，整整走了九个小时。我有点不相信自己的耳朵，情不自禁地对着耳机责问：

"你疯了，你、你走什么路?！"

回答令我哭笑不得：

"体验一次长征。"

长征？你文化革命那阵不也从上海走到韶山，今天你还长什么征？

我问她住在哪儿，准备过会儿就去看看。她说不用了，刚刚服下感冒药，现在最想的是休息。于是我强压满腔的焦急，耐心等待。等待啊等待，与其说是在等她，一位栖迟异乡的故人，半老的徐娘，莫如说是在等我——重温昔日的少年幻梦，少年岁月的浪漫与清纯，以及理想，以及主义等等。但在这节骨眼上，命运女神却迟迟不肯眷顾。当晚她没有来电话。第二天上午也没有。我这个曾经的少年，不，老老少年，心烦意躁，干着急，唯有傻等，傻傻地等。直到午后，才有她飘忽的嗓音随着渺渺电波传来。她说——你想象不出我是如何从波峰跌至浪谷！——她说她已经到了上海。早晨离开盐城前，本来想跟我打个招呼，考虑我昨天跑了一天长途，太累，估计还没有起床，不便打扰云云。"这次是不能见面了。"她最后说，"好在我已经知道了你的电话，下次回国，一定提早相约。"

难以掩饰满怀的失望与失落，怏怏，复怏怏。

午后驱车回射阳，途中经过盐城机场，禁不住下意识地眺望蓝天。想象中，她此刻正坐在波音 747 的窗口，眯着一双染满异域风霜的倦眼，幽幽地向故国回望……

第四辑

北大三老

　　一位昔日的北大同窗说："现在有些老先生，越老越值钱。"他指的是季羡林、金克木、张中行。

　　与张中老从未碰过头，在任何场合，蒹葭秋水，始终缘悭一面。照片么，似乎看过一张，忘了在哪本书，印象是一位慈眉善目的长者，有金山万丈、玉海千寻之色，而无剑戟森森、鳞甲铮铮之态。但不容细想，因为越想下去，就越像了表演艺术家于是之，或是于是之在哪出戏中的扮演。不能不承认传言的魅力，都说他年轻时曾充当过一部著名长篇小说中谁谁谁的原型，而于是老又正好扮演过那个谁谁谁。

　　早几年还没注意这位老先生，忽然有一天，连着读到两篇对他的记述，一篇称颂他是当代难得的高人、逸人、至人、超人，不啻是龙蟠凤逸之士，仙风道格之客，又说读他的文章，只须读上几段，便知作者是谁，在当代，有这种功力的，自是凤毛麟角，鲁迅算一个，沈从文算一个，如是而已，如是而已。另一篇说他像是窖藏了数百年的老酒，一旦拔了塞，香气溢出城郭，又说起他新搬的三居室，家具依然是六七十年代的老相好，地面依然是水泥的灰土色，且说起一位后生如何慷慨解囊，为他出书。心下一愣，想这样的老先生好生面熟，不是见过面的面熟，是没见过面的面熟。此话并非搬弄玄虚，生活中的确有这一熟。

于是开始留心他的书，一点不难找，在随便碰到的第一家书铺就见着一大批，明摆着尚在流行。书有《负暄琐话》《负暄续话》《负暄三话》《顺生论》《留梦集》《横议集》《月旦集》《桑榆自语》多种，我拿起一本《顺生论》，是专讲怎样怎样才能活出滋味的，据其后记，该书酝酿于五十年代中期，成稿于九十年代前期，迁延跌宕达四十年之久，作者的命运，于此也可窥见一斑的了。把书轻轻合上，掂了掂，不假思索地又插回书架，不是说不好，年轻二十岁，不，三十岁，我肯定买，现在么，年来尽识愁滋味，横竖顺逆，谲云诡波，于我，反正也无所谓了。插回书架的瞬间手一抖，突然又想起一位已故的诗人。此公一生备极坎坷，却爱拿《封神演义》中的散宜生作笔名。散宜生啊散宜生！真正能做到散文中之所谓形散神不散的散，肯定是能乐尽天年的。遗憾的是这位自诩为散宜生的诗人，一生都没能承受轻松，也许这就是定数，也许。

我还是买了本老先生的《月旦集》，因为其中写到的许多人物，都跟老北大有关，吾虽驽钝，毕竟也是从未名湖畔的塔影下走出的，窃想再过三十年，兴许就会轮到我来理论顺生，月旦人物。

想着要跟老先生联系，不知电话号码，问了几位同行，也都没能说个明确，只好存此一念，留待将来。

金克老是老熟人。不是相熟，是单向熟。我认识老先生，很久、很久的了，他哩，却完全可能不认识我。六十年代的第五个秋天，我有幸成为老先生广义上的弟子，那时他在北大东语系，教梵文或印地文，我修的是日文。老先生引起我的注意，一是特异的名字，显出摧枯拉朽，锋利犀刻，二是桀傲或诙谐的气质，虽然没有对过话，扑面总能领略，三是袖珍的身材结构，予人无孔不入般的玲珑感，涉猎广泛，专而多能。这印象，恐怕多半来自当年的大批判。在北大的后三年，我们动不动就拿老先生这样的学术权威当靶子，斗争来斗争去的，包括后面将要谈到的季羡老，也在射程之内。

既然有了这层因缘，我查找金克老的电话就比较容易。电话挂通的时候，是上午九点。老先生说："哎呀，我正病着呐。你是想来？你想什么时候来？"我说："马上。"老先生停得一停，说："那好，我十点钟还要看聂卫平下围棋。"

半小时后敲开金老的门，仿佛又踏进了六十年代，目之所及，茶几，书案，床铺，窗帘，帘外的阳台，阳台上的杂物……无物不是上了一把年纪。想象中他人眼里的张中老新居，大概也就是如此的吧。非但陈旧，还凌乱，乱的祸首是随意堆放的书和报。主人蜷缩在沙发里，头上扎了一条毛巾，正在接听电话。

这回相熟了。眼前的金老，依然精瘦，依然英锐逼人。老人指示我坐沙发，然后搬来一把椅子，搁在对面，几乎是促膝而谈。话题是老北大，老人谈锋甚健，他从京师大学堂，侃到沙滩红楼，马神庙，西南联大，趁他意兴淋漓，我悄悄掏出了笔记本，老人立刻绷了脸："别，别，你这是要干啥？那我不讲了。"我只好赔笑，赶忙合上笔记本，洗耳恭听。

看看快到十点，老人说，"我还没问，你今天找我有什么事？"

"后年是北大建校一百周年，我想写点东西。"

"那我建议你去找一个人，邓广铭，九十岁了，他知道的多。"

"您能不能给我介绍一下，贸贸然不好去找。"

"你是怎么找我的，就怎样找他好了。他有病，我不能介绍。"金老边说，边转身去开电视机。左开，右开，就是不亮。机器实在老旧了，一如这屋中的摆设，但还不至于不亮。我提醒金老，刚才上楼，看到工人在修走廊的电路，是关电闸了。

金老于是继续同我聊天，一说又说到北大一百周年，他晶亮了脸，目光盯着我的鼻尖："这怎么好写？你不要在人事上惹麻烦，我建议你写小说，那样谁也抓不住。"

我说当记者当出了纪实病，不喜欢虚构。他用极快的速度挡了回来："谁说的？张恨水不是报人？肖乾不是报人？不都照样写小说。"

我没有拜读过金老的专著，刊发在报刊的随笔，倒是读过多篇，文皆精悍，辞多犀利，且有大的波澜回旋、鼓动其间，拿游泳比喻，先生擅长的是蝶泳，一波一波鼓浪而前。

季羡老和金克老住同一栋公寓，金老住西侧，三楼，季老住东侧，一楼。季老拥有相邻的两套三居室，六间房组成了一座幽香飘逸的书城。每间都设有书案，通常是写一篇文章，换一个地方，为的便于使用资料。朝南的阳台，也被老先生砌作了书房。我这次来，时值下午，温煦的阳光耀得阳台的窗玻璃一片灿烂，季老就正伏在阳台内的书案上用功。

在这之前，我已经拜访过一次，知道老人平素是在凌晨和上午读书，写作，今天也许活儿太多，歇不下来。远远地，我看着老人，像看一幅跨世纪的风景。

老人俯身在摊开的稿纸上，行云流水地驰骋着圆珠笔。

他不肯用电脑。

那天拜访，我无意中说及电脑。老人说，周有光先生曾向他鼎力推荐，并且包他五分钟就学会。"包我一分钟会，也不学。"老人显得很倔。

老人举出若干例子，以证明他的固执有理，譬如一位外国诗人，非要闻着烂苹果味，才有灵泉喷发；又譬如一位外国作家，非要看着窗外远处的一棵树梢，才会有妙语流淌。他哩，几十年养成的习惯，只有面对稿纸，才能进入写作的佳境。

老人对稿纸的质地、格式倒不苟求，只要是纸就行。他说，有一次在人民大会堂开会，灵感忽然袭来，急切间找不到稿纸，就在请柬上写起来。写满了正面，再写反面。反面也写满了，跟着有人又递过一份请柬。抬头一看，不认识，遂报之一笑，继续埋头写自己的。

"季老，为什么您不想想自己太保守了呢？"李玉洁秘书在一旁插话。

老人得意地一仰脖子："老家伙有些顽固是正常的。"

那天，老人送我五本他自己的著作。且在扉页上工工整整地题着："毓方兄留念……"这是老一辈的风范，也是大家之风范。

回家我就认真拜读，旬日后，拟出了访问记的提纲，下笔之前，觉得有些地方，还不够清楚，譬如，老人从"糖"这个词汇在英、法、俄、德、梵等语发音的类似，想到了要写一部阐述古代科技文化交流的《糖史》，然而，若干发音类似的"糖"，究竟以哪一种语言为本体呢？

我在电话中向季老请教，随口把"词"说成了"词根"。

"你说错了。"季老立刻予以纠正。"动词才有词根，糖是名词，没有词根。"

我又问了几个问题，回答都是十分简短，像老人的文章一样，可有可无的字，一个不上。

于是我再回头读先生的书，自认为有把握了，才援笔成文。

今日，我就是带着写好了的《一轮满月挂燕园》一文，来请先生过目的。然而，看到先生专心致志的样子，又不落忍上前打扰，便在门外悄悄地伫立。其间，先生有几次抬起头来，望了望我，但没有任何反应。我想，许是由于白内障，先生的视力呈现模糊，错把我当成窗外的一棵树了吧。

有一会儿，我又但愿化作先生窗外的一棵树。

饶宗颐：一座岛屿

　　莫高窟前，九层楼下，平地搭起一方舞台。是黄昏，风，撒着欢，自大漠旋来；灯光，交织成火树银花朦胧了月色人影迷离了远山近阁。宾客从京城来，从港岛，从东瀛，从欧陆。五百嘉宾环绕舞台共庆华诞，扩音器传出元人张野的《水龙吟》："……盛旦欣逢，寿杯重举，祝公千岁。要年年霖雨，变为醇酎，共苍生醉。"公为何人？乃一代国学大师饶宗颐先生是也。是日——2010 年 8 月 8 日——值他老人家九五诞辰，敦煌有幸，吾辈更为有幸，霓虹摇曳，树木花草也摇身一变为贺客，三危山亦从对面俯身相酌，天地间弥漫着大祥和，大喜庆。

　　饶公从香港来。莫高窟是他的宿缘，敦煌是他的福地。想当初，青年饶宗颐移居海外，任教于香港大学，敦煌之于他，本是天悬地隔，山长水远，八竿子也打不着。1952 年，冥冥中若有神启，饶宗颐心血来潮，突然把目光投向敦煌。众所周知，敦煌在中国，在甘肃，在河西走廊。只是呢，唉唉，曾经日月无光王朝颓败山河破碎，敦煌文物大多流失去了异邦——始于坑蒙拐骗而终于冠冕堂皇的收藏。因此，无论是当时，还是今日，研究敦煌，就必得查看那些被洋人收入囊中的国宝。饶宗颐的运气来了：大英博物馆将馆藏之敦煌文物制成缩微胶片，这是非卖品，禁止出售给任何人，偏偏，偏偏却叫他买到了；与其说是钱能通神，心想事成，莫如说是天假人愿，物择其主。1956年，饶宗颐正是凭借这批流落异域的文物影本，撰写、出版了《敦煌本〈老子想尔注〉校笺》，自此一发不可收拾，又发表了《敦煌写卷的书法》，刊印了敦煌本《文心雕龙》，并远赴巴黎，实地考察英法两国收藏的敦煌画稿、写卷，校勘敦煌歌辞，在已经成为国际显学的敦煌研究领域，异军突起地辟出一片新天地。

如今，饶宗颐也成了敦煌学的符号。曾经有一阵，在敦煌研究领域，有两座无可争议的并峙双峰，饶宗颐之外，另一座便是季羡林。季羡林是中国敦煌吐鲁番学会的终身会长，是他率先提出"敦煌在中国，敦煌学在世界"，既突出了敦煌学的国际地位，也昭示了立足世界返身观照的雄图伟略；是他历时十余载，主持编辑了240万字的《敦煌学大辞典》，了陈公寅恪之遗愿，"内可以不负此历劫仅存之国宝，外有以襄进世界学术于将来"；也是他与饶宗颐联手主编《敦煌吐鲁番研究》学刊，共促学术繁荣。2009年7月11日，季羡林先生驾鹤西去，偌大敦煌学，于今只剩了饶宗颐一座"独秀峰"。硕果仅存，弥足珍贵，今年春末，官方透出消息，拟在饶公飞赴敦煌的中转站——北京，为之接风洗尘。果不其然，8月6日，温家宝总理与饶宗颐在中央文史馆亲切会晤。礼士尊贤。春风夏雨。

8月7日清晨，我与饶公同机赴敦煌，人说"百年修得同船渡"，那么，共乘一架波音737，凌虚万米复万里，又要几个百年才能修得的缘分？世界说大特大，说小又特小，仅仅一刻钟前，饶公离我还是那么远，那么远，眨眼之间，就变得如此切近，呼吸与共，馨咳相闻。机舱内，饶公的姿势，可以用得上"正襟危坐"，一眼看去，五官中，最突出的是比常人长一倍的人中，在鼻梁之下、嘴唇之上形成一片扇面状的开阔地，衣饰上，最触目的是冬夏不离的一条围巾，犹如西装革履者必系的领带。此行我恰巧与一位雕塑家结伴，他给饶公的寿礼，是一尊青铜塑像，原作太大，不便携带，带来的是一幅照片，画面中，饶公手抚古琴，目送归鸿，游心太玄。如果我是雕塑家，想，我将怎样为饶公造型？遗憾，上帝大概怪我自不量力、自作多情，在万米高空苦苦地想了千里，机翼下掠过多少云，多少山，也未见艺术女神来叩门，叩我心灵的门。

8日上午，主人安排参观莫高窟，此乃待客的最高礼数。虽是初次瞻仰，道士王圆箓的功绩与过失，探险者兼劫夺者斯坦因、伯希和的狡猾与无耻，国画家张大千、常书鸿的一秉至诚、衣带渐宽终不悔，在我，已耳熟能详，恍如亲历。站在饶宗颐的角度，我想，他在敦煌研究领域，只是一个后来者，时间上既已迟到了若干年，空间上就不能再步他人后尘，形势决定了他要筚路蓝缕，独辟蹊径。于是我们看到：他利用独家拥有的大英博物馆缩微胶片，推出了《敦煌本〈老子想尔注〉校笺》——基于敦煌经卷末端、背面为人视而不见的唐人遗稿，创出了天下独步的饶氏白描——吸取敦煌写经以及木简书体之长，复融汇秦篆汉碑唐楷宋行，浑然天成为一己的独特风貌。

傍晚七点，笔者前往敦煌研究院，参观饶宗颐的敦煌书画艺术。入口处，饶宗颐自题小诗一首："画史常将画喻诗，以诗生画自添姿。荒城远驿烟岚际，下笔心随云起时。"此番，共展出饶先生倾心创作的150件作品，分为六大部分，分别是：线描、彩绘、敦煌风光、写经体书法、木简残纸体书法、碎金。饶宗颐对于书法，一如对于任何学问，讲究的是推倒围墙，自由来往。观他的笔势，亦篆亦隶亦楷亦行亦草，而又非篆非隶非楷非行非草，五体杂糅，融会贯通；观他的书韵，或曰气象，或曰风神，扑面而来的是一派盎然的禅机。饶宗颐尝言："熟读禅灯之文，于书画关捩，自能参透，得活用之妙，以禅通艺，开无数法门。"又赋诗云："以书通禅如梦觉，梦醒春晓满洞天。"饶宗颐之画，从理念上讲，又高出一个等级，因为他创立了山水画的一个新宗派——"西北宗"。这事，张大千忽略了，常书鸿遗漏了，他则慧眼独具。饶宗颐指出："西北诸土，山径久经风化，形成层岩迭石，山势如剑如戟。一种刚强坚劲之气，使人望之森然生畏。而树木榛莽，昂然挺立，不挠不屈，久历风沙，别呈一种光怪陆离之奇诡景象。"因之，张冠不宜李戴，一地的山水得用一地的笔墨。于是乎，今天，现在，我们的眼睛有福了，本次展出的《敦煌风光》系列，毕现了他标榜为"西北宗"的天机独窥。

晚八点，"莫高余馥：饶宗颐书画艺术特展"正式开幕。例行剪彩、致辞。我忙于拍照，采访，台上究竟谁在发言，谁又讲了些什么，对不起，若明若暗，似听未听。事后拼命回忆，仿佛一位港府人士说，香港有一个饶公，乃"香港之大幸"，他擅长把不同领域的学问熔于一炉，反映的，正是香港文化的精髓。又一位，记不清是哪方代表了，致词说，今天的活动，不光是庆祝一个伟大学者的寿辰，更重要的，是彰扬他对中华文化、人类文明作出的特殊贡献。末了是饶公致答辞——饶公是坐着轮椅来的，其实他腿脚灵便，步履稳当，否则也不会如此关山迢迢，风尘仆仆。我很想，很想看看他如何上台讲话。我失望了，饶公没有起身，讲稿是事先拟好了的，由他人代为朗读。饶公对各位嘉宾不远千里、万里，专程到敦煌为他祝寿，表示无量感恩，对多位以他名义，为保护敦煌艺术捐出巨款的嘉宾，尤其表示特别的感恩；饶公呼吁大家关心敦煌文物的保护，珍惜这一劫余仅存的民族文化瑰宝。

九点，众人移步九层楼广场，参加饶宗颐先生九五华诞庆寿歌舞晚宴。在这样的场合，作如此的寿宴，天下几人有此福分！演出者，为甘肃省歌舞剧院，第一个节目，就是《祝寿》，而后是古乐组合《箫韵》《伊州》，而后是舞蹈《水月观音》……压轴为舞剧《丝路花雨》片段。委实好，让人神摇目眩而不知其眩，物我两忘而终生难忘。甘肃有这样一台剧目，足以傲视舞坛；饶公有这样一场寿筵，足以快慰平生。当《合舞》结束，演员谢幕之际，一名来自香港凤凰卫视的主持人突然逸出晚会程序，快步走向舞台正中，语不成调地激动宣布："今日凌晨，甘南舟曲县发生特大泥石流灾害，造成严重人员伤亡和财产损失。刚才，饶先生得知这一消息，决定将 160 万寿礼全部捐赠给舟曲灾区，并祝福灾区群众早日渡过难关。"台下群情沸腾，巴掌拍得山响——直疑山也感动鼓掌；饶公的善举，把歌舞晚宴推向高潮，犹如文章结尾的神来之笔，活动至此更趋圆满，意想不到的圆满——人算从来不如天算。

自始至终，饶公一直端坐在主席正中，凝神观看演出。同伴中，有一位山东曹县的中学校长，他是饶公的铁杆追星族——学者而有人追星，这是饶公的骄傲，文化的荣幸。我的义务之一，就是为他拍摄和饶公的合影。一张，两张，三张……每揿动一次快门，就是一次挑战，对于一尊为文坛艺坛供奉的神。面对镜头中的饶公，昨日，飞机之上，那个曾经折磨了我千里云路的念头又跑出来纠缠：假如我是雕塑家，我将怎样为饶公造型？说真的，饶公的容貌迥乎常人，用古人的话讲就是"异相"。刹那，啊不是刹那，是在脑海里冒出、按下、又冒出、又按下若干次之后，我终于确立自信：饶公在我眼里，分明是一座岛屿（你无论如何也想象不到的吧）；尤其那额头，那人中，那下巴，那微笑，令我觉得还是一座山石嶙峋、古木参天、百鸟和鸣的岛屿。怎么跟您说呢？在地理位置上，饶公是生活在香港，生活在一座岛上；在中国学术界、文化界，饶公也是处于边缘，类似于岛屿的地位。但是，由于他的坚如磐石的存在，使他和整个文化大陆连为一体——饶公之于敦煌学，饶公之于中华文化，乃至世界文化，正是这样一种岛屿和大陆的态势。

　　当然这只是一个比拟，借雕塑家的眼光品人，无非是自以为，说饶公像一座岛屿，也无非是自以为，此乃文学之想象、抽象、借喻，恐非具象的雕塑之所长——权博读者诸君一粲，比喻本来是不用上税的哦。

管窥李政道

如果只举一个细节？

——理发。先请喜剧大师卓别林出场。一次，他来到一个偏远的小镇，想到要理发，当地只有两位理发师，各自开了一家理发铺，第一家，房小，椅旧，地上撒满头发渣，理发师的发型尤其难以恭维，看上去像个麻雀窝，邋里邋遢。第二家，房大，椅新，地面非常洁净，理发师的发型，更是端庄整齐，一丝不乱。你猜，卓别林会在哪一家理发？第二家。不，错了，他选择第一家。为什么？卓别林认为，小镇只有两个理发师，他们的头发一定是相互帮着理，第二个理发师的漂亮发型，反映的是第一个理发师的高超水平。

卓别林根据的是常识，他的判断被证明是正确的。假如他碰到李政道——我是说，假如第二个理发师的习性像李政道，他就要傻眼了。此话怎讲？李政道有一个特殊的习惯，理发不用他人代劳，总是自己一手包办。当真？当真。从来如此？从来如此。难以想象，是吧。李政道说："其实很简单，只要有两只手、一把剪刀，就可以完成。困难在于脑后的部分，要用一手的食指和中指夹住头发——这相当于梳子和尺子，再用一手握住剪刀操作。"熟能生巧。在早先，多半出于贫穷，及至现在，习惯就成了自然。堂堂诺贝尔奖金得主，终生坚持自己给自己理发，我相信，在这世界上是独一份。

如果只举一首诗?

——"数学诗"。2004年，美籍华人数学家黄伯飞写了一首诗:

三角最难搞

开方不可少

人生有几何

性命无代数

对于第二句"开方不可少"，有人解释，这是喻金钱，即"孔方兄"，李政道则认为，就是指数学的开方，他玩味再三，也作了一首诗与之唱和:

吃饭不记米粒数

生存毋需思天理

人生欢乐有几何

性命真义无代数

比起黄伯飞，李政道的"数学诗"更加显豁易懂，"吃饭不记米粒数，生存毋需思天理"，多么朴实无华，言简意赅。

如果只举一位恩师?

——吴大猷。相信这是很多人的答案。1945年春天，太阳旗还没有在神州大地倒下，日寇困兽犹斗，铤而走险，贵阳告急，内迁到那儿的浙大濒于瘫痪，该校物理系一年级生、19 岁的李政道转而投奔昆明西南联大，经吴大猷帮忙，插班读物理系二年级，一年后，又是经吴大猷的破格举荐，被保送到美国深造。

而我的答案却是——束星北。

李政道进浙大，本来选择的是电机系，是束星北发现了他的数理天才，建议他改读物理系。因是之故，1972 年，李政道赴美后首次重返故国，写信给束星北，说："先生当年……的教导，历历在念，而我的物理基础都是在浙大一年所建，此后的成就，归源都是受先生之益。"

如果只举一篇文章？

——2005 年在"爱因斯坦年"纪念大会上的讲演。李政道说："我们的地球在太阳系是一个不大的行星，像是不怎么出奇的星，我们整个银河星云系在整个宇宙中也是非常渺小的。可是，因为爱因斯坦在我们小小的地球上生活过，我们这颗蓝色的地球就比宇宙的其他部分有特色、有智慧、有人的道德。"

纪念爱因斯坦的文章何止千万，笔者认为，这一篇最令人感到慰藉，感到温暖。

如果只举一件礼品？

——手稿。1956 年夏，李政道在美国布鲁克海文实验室做访问学者，那时，他正埋头研究宇称不守恒的问题，为此而做了大量的演算。演算的过程，也就是草稿，统统扔进了废纸篓。实验室有位有心人，他将李政道扔弃的草稿一一捡起来，保管好。1957 年，李政道获得了诺贝尔物理学奖，此君就将他保存的李政道手稿赠给了美国物理学会，其中有一张，后来被采用为《今日物理》杂志的封面。

2006 年 6 月，李政道把《今日物理》封面采用的那份手稿的复印件，以及他近期有关中微子研究的手稿，也是复印件，镶在了镜框里，郑重送给温家宝总理。

这大概是温总理收到的最宝贵的礼物之一了。事后，他对别人说，这两份手稿，"代表着一位物理学家一生奋斗不息的精神。不管是从事理论物理，还是从事实验物理，没有这种甘于寂寞、无私奉献的精神成不了才。"

如果只举一句名言？

——"一个人想做点事业，非得走自己的路。要开创新路子，最关键的是你会不会自己提出问题，能正确地提出问题就是迈开了创新的第一步。"

那么，面对李政道，你能提出的第一个问题，是什么呢？

欧阳中石：乘数与被乘数

仿佛注定要远离专业！从一开始。那是 1954 年，欧阳中石大学毕业，自北大，自哲学系逻辑专门班，学校把他打发到河北，河北把他拨拉到通县，通县把他安排在女师，女师分派他教学生几何。

他倒好，没有嗟叹，没有怨尤，随遇而安，轻装上阵。逻辑与数学本来就是你中有我，我中有你，君不闻，前辈哲学大师斯宾诺莎，就用几何学的方式，证明笛卡尔的哲学原理。哈哈！学逻辑的教几何，正是得其所哉！得其所哉！

几何教得好好的，学校又让他改教语文。前提是语文教研组人手不够。其次嘛，是看上他文学修养实在深厚。

当然。当然。哲学是文学的灵魂，文学是哲学的躯壳，从古至今，伟大的哲学家也必然是出色的文体家，这不用证明，比比皆是。

语文是欧阳中石的强项，学以致用，立竿见影。很快，他的课堂教学成了校内的样板。然后，又成了县内的样板。再然后……唉，对不起，没了下文。

怎么会没了下文？

因为，学校改派他教物理了。

是物理教研组人手不够？也许吧。是欧阳中石精通物理？不，没那回事。那么，为什么出现这种明显不合逻辑的"位移"？

这事是领导决定的，在逻辑凋零的年代，唯一的聊以自慰的逻辑，便是无条件地服从。

欧阳中石摊开物理教材，他很快又在其中找到了乐趣。你看，你看，许多大物理学家，像牛顿，像爱因斯坦，同时也是大哲学家。那么，他一个学哲学的教教物理，不正应了"教学相长"，乐何如之！乐何如之啊！

物理的瘾还没有过足，学校又让他改教化学。

议论就蜂起了。

正面的看法是：不愧是北大毕业，全才，教什么都行！

负面的看法是：这家伙出身不好，社会关系复杂，只能打杂，不能重用！

正面的、负面的议论，欧阳中石都一笑了之。他以惯有的坚决，一头钻进化学。马上，未久，他又发现了新大陆：原来，化学与哲学也是相互交叉的啊，有一种新兴学科，就叫化学哲学。

如是乎这般，欧阳中石在通县，时间从 1954 到 1978，年龄从 26 至 50，单位忽而是中专，忽而是中学，承担的科目，这学期是写字，下学期说不定就变成美术，过一阵儿又回归语文，莫名其妙地又跳到历史，偶尔还有体育，偶尔还有戏剧，一切都呈非线型状态，他……

——等等，你刚才说到体育。可是，他那么矮？又那么瘦？

这你不必担心，欧阳中石是运动高手。身高虽然只有 1.62 米，中学时，百米 13 秒，跳高 1.64 米，跳远 5.9 米；大学间间，篮球、乒乓球，均达国家二级运动员标准。只不知教学时，他是以哲学诠释体育，还是以体育诠释哲学？

——你还说到戏剧。据我所知，音乐课一般只教唱歌，唱歌跟戏剧不是一个概念啊。

你说得对。欧阳中石教戏剧，是在课外。"文革"中样板戏风靡，欧阳中石自幼爱唱戏，初中拜京剧名家奚啸伯为师，得奚派真传，这样的行家，免不了成为校内外宣传队争抢的对象。

对于欧阳中石，还有另一种课堂，也值得一记：参与创建校办工厂；长期与疾病抗争——先是因见义勇为被公交车压伤左脚，后又因积劳成疾突发脑血栓。"半生蹭蹬因能达，百样飘零只助才。"（清·黄仲则句）生命无所谓虚度，曾经发生的一切，必将沉淀下来，化为经验，凝成素养。

欧阳中石跟我讲过一个故事，是关于钱锺书评职称的。评委们意见分歧，焦点在于：不知道他是干什么的。你说他是搞外国文学的吧，他在中国文学方面比谁都强；你说他是搞研究的吧，他又擅长创作；你说他是搞创作的吧，他那几年主要是搞毛选英文翻译……有关评委就此请教欧阳中石的大学老师金岳霖，金先生说："咱们换一个思路，不要问他是干什么的，而要问他还有什么不会。"此语一出，众人茅塞顿开，是啊，钱锺书是不折不扣的大家！

仿照金先生的思路，笔者也可以说："不要问欧阳中石都教过哪些课，而要问他还有哪些课没教过。"

回顾既往，欧阳中石教得时间最长的，是语文，教出革新，教出影响力的，也是语文。怎么个革新？怎么个影响力？有例为证：七十年代末，他调到北京一七一中，专抓语文教改，撇开国家统编教材，另起炉灶，自创一套，试验结果，初中三年，修完中学六年课程，在教育界引起轰动。

然而，在内心深处，他仍然惦着专业对口。专业是什么？专业是游子天涯回眸的故乡明月、旧巢梁燕，是长夜独眠的辗转反侧、魂绕梦牵。谢天谢地，终于迎来了八十年代，百废俱举，拨乱反正，人才得以自由流动。欧阳中石有机会重返北大，执教逻辑——运气只差那么一点点！北大的动作稍微慢了一拍，而北京师院的动作又恰恰快了一拍，这一慢一快，最终决定了他的归宿。

1981年，欧阳中石跨进北京师院，延续他的语文教改。从此，舞台不再限于一个中学，也不再限于北京市。据统计，八十年代而后，全国有数百所中学，都采纳了他的教改方案，换句话说，都按照他的指挥棒转。

绝对没有料到，如此轰轰烈烈、有声有色的教改，竟然半途而废，无疾而终！为什么？究竟卡在哪儿？局外人看不明白，局内人你知我知，却谁都不愿说破。时过境迁，现在我们可以揭开天窗：是教育体制在障碍。欧阳中石本事再大，也不过是一个普通教员，焉能与根深蒂固、积重难返的体制抗衡？

既然无法改变体制，那就只有暂时放弃教改，然后呢，断然回归逻辑！逻辑啊，逻辑！长久以来，你虽然一直隐身幕后，但你是主心骨，是牵引所有知识指针的磁场。于是乎，世人看到，在短短几年内，他怀着"少小离家老大回"的心情，主编或参与编辑出多部逻辑教材，如《逻辑》《中国逻辑史资料选》《中国逻辑思想史教程》《中国逻辑史》等等。

1985年，欧阳中石五十七岁，就一般情形而言，即将船到码头车到站。一个合乎逻辑的思路是：就这么干下去，直到退休。然而，出乎意外，他却放弃手头关于逻辑史的爬梳，在北京师院旗下，推出一个当时绝少有人想到的项目：书法大专班。

欧阳中石自幼习书，先后师从武岩法师与吴玉如，练得一笔好字。如今，在年近花甲之际，他重新站上原点。

书法是吾邦最悠久也最具生命力的国粹，但它始终停留在技艺层面，未登学术殿堂。欧阳中石发前人未发之覆，书法大专班一问世，立刻便如应斯响，八方景从。校方趁热打铁，设立书法专业，陆续引进学士、硕士、博士，乃至博士后学位。古老的书法摇身一变为时髦的学科。

欧阳中石本人也一夜成名，饮誉书坛。笔，自然还是从前那支笔。影响，却已不可同日而语。这是因为，乘数，即笔，虽然未变，被乘数，即学问、阅历、平台、人望、风格，已因缘造化，与时俱进，乘积自然蔚为大观。

写到这儿，忽然想到黄金分割，假设人的寿命以百岁计，那么，他生命的高潮期，应该涌现在"大器晚成"的六十一，或六十二，以此观之，欧阳中石的生命节律堪称近乎理想的黄金比了。

岁月如流，忽忽进入了耄耋之年。欧阳中石又在首都师大（由北京师院升格而来）麾下，创立了一所"汉字认知与表现研究中心"，旨在探究汉字认知思维与表现规律，以汉字变迁、形意辨析、书学研究、汉字教育等为研究重点，实现汉字认知与书法表现、文化传承与教育发展的有机结合，在传统文化与现代科技融合的背景下，使古老的汉字焕发出新的生机。

无疑，这里有他毕生两件大事的影子：失之东隅的语文教改，和收之桑榆的书法教育。我说"影子"，因为决不是二者简单的叠加，合二而一，而是生物学意义上的杂交，推陈出新，捧出一个崭新而优质的品种！

世俗的自炫，在于"春风得意马蹄疾"；大才的淡定，在于"也无风雨也无晴"。欧阳中石之可爱，之迷人，在于他竟把自己大半生的行迹，概括为一首十六字的顺口溜："少无大志，见异思迁，不务正业，无家可归。"

嘿！好一个不务正业！

好一个无家可归！

木心："山洞智者"

　　曼哈顿，林肯中心对面一幢高楼，木心当年初闯纽约，就入住其中一个"山洞"，戏称山顶洞人。"真正的智者都躲在高楼大厦的'山洞'里，外面是人欲横流的物质洪水。"这是哈佛一位教授说的，木心佩服说得漂亮，就顺手牵羊据为己有，而且当仁不让，理直气壮。"山洞文明"究竟妙在何处？他于此深有体会：一、橱柜特多，冰箱特大，一次出猎，从超市席卷回大批食品，足供维持一个多月；二、足不出户，便可遥感哈德逊河，呼吸中央公园，聆听林肯中心——露天剧场的演出，节目是每天每晚更换的，铜管乐，摇滚乐，歌剧清唱，重奏，还有时髦得名称也来不及定妥又变了花样的什么音乐，躺着听，边吃边喝听，不穿裤子听，比罗马贵族还惬意。

　　且慢！怎么会不穿裤子听？你皱眉。这是因为，洞里只有光棍一条，仆人是他，臣子是他，君主也是他，乐得胡天胡地，自由自在。

　　"剑客往往成三，独行侠又是英雄本色。"木心自谓。是的，他奉的正是独行侠的路线。回溯既往，他是从上海来，上海之前是乌镇，乌镇之前，是长隧道的古华夏和同样是长隧道的古希腊……童年，少年，青年，折腾得最欢的一件大事，就是驾了文艺的三桅帆船，去大洋深处掣鲸斩浪——惨绿少年谁不笃信"长风破浪会有时"；后来，在一场史无前例的大风暴中翻了船——半茶匙的快乐之后是整船的痛苦；再后来，就是乘桴浮于海，登此彼岸半岛——那是 1982 年，不少提了竹篮去西方打水的人，正争先恐后，风头十足。

说话到了 2006 年春，木心用一本散文集《哥伦比亚的倒影》，宣告了他的回归——广西师大出版社出版，薄薄一册，九万字，开卷动容，心头一憷，俄而长舒一口气，掷书于案，仰面长啸，道："终于来了。"这么说是因为早有预期，时下的白话文已经贫弱得只剩下白，是浅白之白苍白之白漂白之白，汉语言的流光溢彩不应也不信就如此壅塞断流，然而我们指望谁呢？然而瑞征在哪儿祥云在哪儿兴绪又在哪儿？终于木心从天际现身，告诉国人："我就在这儿。"

木心之大美，一言以蔽，在于用诗歌的金线绣哲学美学的锦缎。文字，即使那些极伧俗极粗糙的，经他妙手一拉、一扯，立马神采焕发，炫目夺魂。试引开篇《九月初九》的首节为证：

中国的"人"和中国的"自然"，从《诗经》起，历楚汉辞赋唐宋诗词，连绵表现着平等参透的关系，乐其乐亦宣泄于自然，忧其忧亦投诉于自然。在所谓"三百篇"中，几乎都要先称植物动物之名义，才能开诚咏言；说是有内在的联系，更多的是不相干地相干着。学士们只会用"比""兴"来囫囵解释，不问问何以中国人就这样不涉卉木虫鸟之类就启不了口作不成诗，楚辞又是统体苍翠馥郁，作者似乎是巢居穴处的，穿的也自愿不是纺织品，汉赋好大喜功，把金、木、水、火边旁的字罗列殆尽，再加上禽兽鳞介的谱系，仿佛是在对"自然"说："知尔甚深。"到唐代，花溅泪鸟惊心，"人"和"自然"相看两不厌，举杯邀明月，非到蜡炬成灰不可……

重九之日，重阳佳节，是中国人就会想到遍插茱萸，登高望远，是中国人就会兴起迂阔而炽烈的乡愁。木心的乡愁是跨民族的，他从中国的"人"和"自然"，一路联想到代代相传、生生不息的精神密码：自然本位。中国的"人"不仅内心充溢"自然"，中国的"自然"心坎里也依恋着"人"——谁莳的花服谁，那人卜居的丘壑有那人的风神，犹如衣裳具备袭者的性情，旧的空鞋都有脚……进而联想到西方的人本位：纵然那里天有时地有利人也和合，而山川草木总嫌寡情乏灵，那里的人是人，自然是自然，彼此尚未涵融尚未钟毓……直面西方世界，木心禁不住扼腕长叹："异邦的春风旁若无人地吹，芳草漫不经心地绿，猎犬未知何故地吠，枫叶大事挥霍地红，煎鱼的油一片汪洋，邻家的婴啼似同隔世，月饼的馅儿是百科全书派……就是不符，不符心坎里的古华夏今中国的观念、概念、私心杂念……乡愁，去国之离忧，是这样悄然中来、氤氲不散。"

两年后偶尔得悉，趁着作品归国省亲的紧锣密鼓，木心本人，也已告别西方的"山洞"，悄悄回到了他的老家乌镇。恪守不成文的"山洞文明"，他并没有在媒体公开露面，或许露了，仅仅神龙一现，不等我定睛，倏忽隐遁无踪。又过了两年，我动手写作《寻找大师》，木心圈为候选，噫，既然旨在"寻找"，总得踵门拜谒一番吧，我把居中联络委托给湖州一位文友，为保险计，又托了桐乡市一位官员（乌镇属桐乡管辖），以为万无一失，谁知两条大路都不通罗马，人家答复：木心深居简出，不见生客。

也罢。换个角度思忖，岂不正是我要寻找的大家风范！转而动手找他的书，能买的都买，兼及散文海外四家：余光中、王鼎钧、张晓风、董桥。一本一本看，穿插着看，对照着看。看多了就有比较，比较容易得罪人，那就说点朦胧的印象吧：以风度论，王鼎钧是老派绅士，木心是新锐骑士；以才智论，董桥是华英合璧，木心是中西混血；以色彩论，张晓风为腾金跃翠，木心为吟紫啸蓝；以旋律论，余光中近于肖邦、柏辽兹，木心近于巴赫、莫扎特。

2011 年 12 月 21 日，木心永远停歇了他生命的吟啸；同日告别尘世的，还有我访问过的另一位长者朱季海。

2013 年 5 月 2 日，我偕夫人前往乌镇，为的是瞻仰木心的故居"晚晴小筑"。乌镇有东栅、西栅两个景点，网上查，木心住的是东栅。进了东栅大门，穿竹林，过木桥，拐弯，麻石小街逼窄，两旁耸栉比如鳞的木板屋，普遍带楼，泰半经商，左侧房舍临河——江南可爱，一半在于枕水而居，醒里梦里的桨声橹声，纺成了千年不衰的诗韵，右侧小巷通向幽邃，粉墙黛瓦，绿烟红雾，迷离得恍惚，静谧得自在。难怪，斯地也，才能出斯人、斯文。我是无暇观赏，一心盯着门牌匾额——木心的居所，总归有明确的标志吧。瞧来瞧去，影也没有。心里发急，问一糕点铺的掌柜，摇头，又问一染坊的闲汉，依旧摇头，行到茅盾纪念馆，抓着门卫，把"木心晚晴小筑"写给他看，门卫抓耳挠腮，左思右想，突然喜上眉梢，把握十足地说："这地方我去过，向前走，在西栅。"（栅，北京人一般读作 shān，或 shi，门卫应是当地人，他读作 zhà。）

我纳闷：网上明明说是东栅，怎么他说是西栅？

夫人释疑：网上会写错，你也会记错。

也是。

匆匆奔往西栅。初夏，午后的骄阳威焰犹炽，两三里地，烤得头皮冒烟。西栅藏在云水深处，乘舟登岸，比起东栅，街面更为敞亮，屋宇亦更为齐楚，那河，不再是与水阁携手平行，而是交叉穿插，萦回缠绕，桥，那高高的两端簇满了花拥满了柳的石拱桥，也不再是一座、两座，而是层涌迭出，数不胜数，站在桥顶四览，讶异置身《早春二月》，或《舞台姐妹》的故事发生地。现代人若票选桃花源，只须将周遭的津渡封锁。木心晚年归隐于此，也是托他祖上的福荫——目标在即，心情反而变得宁定，且放缓脚步，细细品咂古老而朴实的水乡文明，迤逦来到昭明书院，梁朝昭明太子萧统读书的所在，这才记起打听，依然是一问三摇头，三问四问之后，踱进一家书店，锁定售书的绿衣女子，果然沾点书香，她说："你找的是孙木心吧，他家在东栅财神湾，离景区大门不远，没有门牌号码，不开放。"

夫人看表，安慰我："才三点半，还来得及，再回去找。"

"不用了，"我说，"既然没开放，找到了也不过就看看围墙。"心里寻思：怎么偏偏叫财神湾？对于一介叶落归根的高士，岂不恰恰构成反讽！幸亏没有门牌号码，也不开放，幸亏——为避嚣的智者保留了最后一处"山洞"。

第五辑

天风吹过"一衣带水"

地点，银座支线上的一家居酒屋。人员，中方两人，邓君和我；日方也是两人，小岛与加藤。座中，数我年龄最长，是邓君的师辈，他们仨是一家商社的同事，年龄相差无几。

话题是由邓君引起，他讲从北京直飞东京，一本东野圭吾的《梦幻花》，翻了不到三分之一，航程就结束了，在空中凭窗俯瞰大海，浮光掠影，一闪而过，那恍惚，真有一衣带水之慨。

一衣带水，这是中国的一个成语，早先是指长江，形容水狭如带，抬脚就能跨过，现在呢，仿佛成了中日关系的专用词，举凡说到两国间的情谊，无论口头，还是文章，总脱不了遣它出场。

小岛君肯定听得多了，有点不以为然，他说：谈到我们两国间的关系，你们中国人总喜欢讲"一衣带水"，"一衣带水"是多远哩？古代是以长江做比喻，江面能有多宽，也就是几华里吧，从这边可以望见那边，考虑到长江有一万多华里长，说它蜿蜒在大地，像一条衣带，还能说得通，顶多属夸张，就像诗人说"白发三千丈""燕山雪花大如席"；用它来象征日中两国的距离，实在太离谱，东京到北京多远？将近五千华里，单纯海上的距离，也有一千五六百华里，谁家的衣带有这么宽啊？

我把"一衣带水"在舌尖上转动了几下，像品尝一粒薄荷糖，微微点了点头。

加藤君语出惊人。他搁下酒杯，说：小岛君，你不了解中国人的思维，正是因为两国距离太远，他们才爱用"一衣带水"，既表示历史上曾经走得很近，又着眼于当前刻意套近乎。您想，要是两国挨在一起，中间只隔着一条江，他们就不会用"一衣带水"，而用关系更近的词，比如说"唇齿相依"。

这是我从来没听说过的高论，薄荷糖的感触又在舌尖复苏，我也朝他点了点头。

邓君微笑着为自己辩护（他们三个是同事、酒友加文友，这样的争论已习以为常），他说：我是中国人，我比你们更理解中国的成语。您看，中国和美国，隔着太平洋，这才叫远呐，所以我们习惯称美国为大洋彼岸。中国和日本，尽管隔着黄海、东海和日本海，我们却从来不称日本为大海彼岸，为什么呢？就因为从地理距离到心理距离，两国都挨得很近。

邓君解释他说的心理距离，包括政治、经济、科技、文化上的全面交流。他举例，中国人到了日本，往大街上一站，即使不懂日文，从招牌、商标上的汉字，也能猜个八九不离十——还有比这更近的距离吗？

我平素不喝酒，逢到辩论，也不善言辞，只有一边洗耳恭听，一边小口小口地抿酒。

加藤君刚要反驳，小岛君插了进来，他说：邓君讲历史上的交流，包括遣唐使是吧？您知道遣唐使的船队在海上要行多少天？因为遭遇风浪，又死了多少人？您要是跟着走过一趟，看还敢不敢说两国间的距离一衣带水。至于日文，虽然掺杂大量汉字，贵国学生有句俗语，叫"笑着进去，哭着出来"，您懂日文，应该晓得那里面的实际距离是多远。

末尾一句像是说给我听了，我学过多年日文，到老也没能学地道。

双方沿着"一衣带水"到底有多远扯下去，话题越扯越宽泛，涉及面越来越广。譬如，小岛君说到鉴真六次东渡，最后一次才成功，在海上航行了一个多月，大海是多么的浩瀚辽阔！加藤君讲起美国"黑船"叩门，促使日本改革开放，走上明治维新、大国崛起的道路，而同样是受到西方列强叩门，大清朝却丧权辱国，一蹶不振，两国的思维方式、改革道路又是相差多么遥远！

薄荷糖的感触消失，我明白了什么叫隔阂——在一只漂流瓶，从扶桑到赤县，谁能说得清相距是多少年月。

加藤君转而询问我的看法，这是一个烫手的山芋，我一时不知如何回答是好。说实在的，一衣带水，这是中国人习惯使用的一个词，唯有深谙中国文化精髓的人才能悟得此中三昧。它出现在中日外交层面，不是一个长江和大海的简单借喻，而是体现了使用者的胸襟、眼光和气度。这是中国的胸襟、中国的眼光、中国的气度，外加数千年中华文化的载重。它那灵动如水袖的彩带轻轻一绾，就能绾住一份邻里相望炊烟相织鸡犬相闻的脉脉温情。倘若要选一个词出任中日亲善大使，喏，一衣带水就是。话是这么说，可我要怎样诠释，才能让眼前的两位日本友人心领神会呢？

我略作沉吟，接过加藤君关于明治维新、大国崛起的话头，问他："甲午战争（日本叫日清战争），日本打败了大清国，迫使清廷签订《马关条约》，割让国土，赔偿白银，您还记得具体条款吗？"

加藤君仅仅记得割让台湾岛，承认有赔偿白银，说不出确切数字。

我告诉他，割让的是辽东半岛、台湾岛及其所有附属岛屿，包括钓鱼岛，此外还有澎湖列岛，赔偿白银两亿两。

我又问他："'二战'，日本是战败国，中国是战胜国，日本向中国赔偿了多少？"

"你们没要。"加藤君说。

"是不是应该要？"我问。

"应该，这是你们的权利，但是你们放弃了。"小岛君答。

"是的，我们主动放弃了，这是中国一代伟人的决策。"我告诉他俩，伟人站得高，看得远，一般人难以企及。我是六十年代开始学习日语，"中日两国是一衣带水的邻邦"，就是那时讲开的，1972年中日恢复邦交，联合公报就是以这一句开头。我个人认为，这是一种高点视角，比泰山高，比富士山高，比飞机飞行的高度高——如果您能从宇航船上往下看，中日两国绝对像一衣带水。

说到这儿，连我都愣住了，我从没想过如此这般的阐述，这是"一衣带水"的逻辑，不由分说，不容置疑，是它把我推到这高度，嗯，还有这讲话的氛围，还有他们仁的争论，还有这敏感的年份敏感的邦交，像架天梯一样，一截一截，把我送进云霄。我定了定神，琢磨太空视角这种说法是否成立，人要是能站得那么高，岂不是成了神。

沉默。

万籁俱寂，唯有地球自转的声音伴随着心跳。

他们仁似在凝神思考。

邓君最先反应过来，说："一览寰球小，只见高山大海，不见碎石泡沫。"

也许受了邓君的影响，加藤君跟着蹦出一句中国人常用的外交辞令："求大同，存小异。"

我说的是这个意思吗？

包括倒是包括得了，但这仅仅是一部分。

小岛君望望加藤，又望望邓君，一副大彻大悟、胸有成竹的样范。

我指望他能说出更多的含义。

没有。稍顷，他只是笑眯眯地甩出一句："卞先生不愧是文学家！"

模棱两可。肯定，还是否定，不得要领。

或许这是我能求得的最大公约数。人与人的沟通，不可能百分之百通畅，何况还隔了一层国与国，到这份儿上，已属皆大欢喜。

我把杯中的清酒一饮而尽，仿佛在品咂"一衣带水"的滋味。

回望富士山

友人之子开车，送我去富士山。

富士山之于日本，有点儿像长城之于中国，金字塔之于埃及，恒河之于印度，魅力在于文化上的乡愁：不去，心里始终存个缺憾；去了，天长日久，又会酿成更浓更稠的相思。

在我，还要加上一个心结：大学的专业是日本语言文学。

那是 1964 年，在北大——敢情前世作孽，上帝罚我面壁东洋。我抗拒过，你可以想象，那年头，在"我是一块砖，东南西北任党搬"的"统一场"下，个人的抗拒，只能是在灵魂深处挖战壕，架机枪，"小我"跟"大我"激烈搏斗，到头来，自然是"小我"溃败，缴械投降，可怜无补费精神！

甭管情愿不情愿，自打进了日文门，我的心头自动就有了一座"雪如纨素烟如柄，白扇倒悬东海天"（石川丈三诗）的富士山。

记得初次东渡，是为了采访 1981 年的世界杯排球赛。那年头出国是大事，加之肩负报道重任，更是大中之大，自觉全国人民都在盯着看，一举一动都责无旁贷，上纲上线，富士山的事，想也不会去想。偏偏在东京城内穿梭，经常撞见叫"富士见坂"的地名，且不止一处。问报社长驻东京的前辈，富士山在哪儿？答曰：就在西南，离东京八十公里，从前，在江户时代，这儿没有高楼大厦，站在高坡上，就能远远望见。

现在呢？

现在要登高楼，还得是晴天。

排球赛首战，安排在埼玉县上尾市。无巧不巧，附近也有一个小市，名"富士见"，顾名思义，就是在那儿可以看到富士山——可见富士山在日本人心目中的魁岸踞肆！

次战，在东京代代木体育馆；三战、四战，在北海道；五战，在富山，恍惚使我想起了富士山，不过这儿属西海岸，要想一睹"拔地摩天独立高，莲峰涌出海东涛"（黄遵宪诗）的"圣岳"，汽车还要往东跑上数百里；六战、七战，移师大阪，是中国人都知道的了，中国女排七战七捷，首登冠军宝座。

而后男排开战，转征广岛、名古屋、横滨，好像还有神户或福冈，记忆完全混乱，我也懒得去查，最后一站是东京。鉴于男排的稀里哗啦，兵败如山倒，报道兴味索然——体坛的阴盛阳衰（其实何止体坛），就是那时叫开的。随着一声怅然长叹，登高楼而眺富士山的冲动，就此深埋心底。

倒是在书店买了一叠富士山的图片，望梅止渴，聊且自慰吧。图片的远景，或中景，一律是圆锥形的雪冠；近景，各色各样，我最欣赏的，有二，一幅是风驰电掣的新干线电车，一幅是张开"雪"盆大口的巨浪，作势欲吞噬搏击中的渔舟，而远处的富士山，安详如一叶三角形的白帆。

前者是摄影，象征古老列岛的突飞猛进。后者是浮世绘，题名《神奈川冲浪里》，作者为葛饰北斋。据说此画表现了日本特色的阳刚之美（毋宁说阴鸷），画作传到欧洲，身患精神疾病、当时还没有动手自割右耳的后印象派大师梵高为之惺惺相惜，赞不绝口（我怀疑他的《星空》就是受了"冲浪"的诱惑）；而同属印象主义的作曲家德彪西也深受震撼，取其画境，创作了三首交响素描《大海》。

而我呢，小小人物，无名之辈，受诱惑受震撼也有限。但有一事不得不提，归国前，在成田机场候机室，面对《神奈川冲浪里》被梵高喻为"鹰爪"的恶浪，我做出了生平最无情的一个抉择：就此和东瀛拜拜，不再从事与日语、日本有关的事务。

这话听起来有点儿矫情，但实际情况就是这样，也许我面对的还有彼邦的蓝天、高楼、报纸、周刊、小说、录音机、计数器，无奈一件也记不起。

一扇通向外部世界的门刚刚打开，我却断然把它关上。

我做到了，虽然彻底关闭是在五年之后。

若问为什么？其实也很简单：我的专业是国际新闻，但我不喜欢日本，一百个不喜欢，一千个不喜欢。我是 1944 年出生，是中国人都能理解，我的仇日、鄙日、厌日，自是从娘胎里带来。

这次到日本实地一游，所见、所闻、所感，更促使我和它分手。

日本人之瞧不起中国，是从骨子里，这是我的直觉。

中国人之瞧不起日本，是在嘴头上，这是我椎心泣血的痛。

我改变不了别人，但可以改变我自己。

老子不再跟你玩了！

人啊，任何强力撞上你的命，就促成了你的运。

人的命运是由职业推动向前走的，然而，我走东走西，就是坚决不再贴近日本。

四年后再赴扶桑。

是新闻访问，代表我供职的报社；在我个人，则形同告别演出。

落脚点在东京。那些日子，以之为圆心，无论南下，还是北上，方圆几百里内，低头不见抬头见，富士山就像蹲踞在地平线上的一只白头翁，时刻提醒我它的存在。

倘若没有富士山作为坐标，我相信，也会有这座山那座山出来充任，世人仰望山，推崇山，膜拜山，周游一地后过目难忘、长久刻在心尖的，总是那高高在上的耸峙。

对了，日本多山，在偌大的本州，出了这块关东平原，就很难再看到地平线。一般来说，日本人目光短浅，缺乏远见，当跟这天然的日日压在心头的视觉障碍有关。大江健三郎就感叹在日本无法把目光放远，他眼中一马平川的地平线，是来到中国才看到的。

返国之前，主人特意问我是否要去一趟富士山。

我是忒想，但说出口的竟然是"不"。我至今也不明白当年为什么要那样回答，因为忒想而拒绝，这说得通吗？人生总有些事就像鬼使神差，虽然无神论者不相信鬼神。

返程那天，我的座位贴着飞机左侧的舷窗，波音大鸟从成田机场凌空不久，就听前排的乘客惊呼："看，富士山！"赶忙探头瞧，窗外，在比"神奈川冲浪"更觉嚣张的云涛的拍击下，仅仅露出半个脑瓜的富士山，看上去，就像一叶惊惶失措的小舟。

记起太宰治在《富岳百景》中的比喻："火山口就像雪白的睡莲花。"出身于没落贵族，消沉颓废、放荡不羁的太宰治，在写作《富岳百景》之前，曾四度自杀未遂，即如小说中描述，这年（1939 年，30岁），他前往富士山麓投奔名作家井伏鳟二，经其撮合，与一位姑娘步入相亲程序。他看到的是山顶的俯瞰图，在姑娘家的客厅。姑娘使他怦然心动，他说："我仔细看了看图片，慢慢掉转身，偷偷扫了一眼姑娘。我在一瞬间就做出了决定：这正是我要找的那种女人，不管有多少困难，都要和她结合。真得感谢富士山！"

这不禁使人哑然失笑。作家总习惯以己度人、度物。若要让我描述火山口，恕我不恭，我看到的是：一张豁牙缺齿的裂嘴巴。

三赴、四赴、五赴扶桑，统统迟在 21 世纪之初。

我已退休——就是说，自由了！没有了职业上的牵牵绊绊；时光如流水，也冲淡了感情上的好恶恩仇；有的，只是一个纯粹的旅客心态，看山是山，看水是水。

仅有一次，是为了搜集考古资料。

我考的是甲骨文和陶文。日本是"收藏"中国甲骨文的大户，当年郭沫若流寓东京，编辑《卜辞通纂》，利用的就是彼邦"公私家藏品之拓墨或照片"。

日本的文明史很短，没有"咲"（さく，开的意思）出甲骨文这一奇葩，所藏，皆自中国拿来。

有个叫藤村新一的不服气，暗地悄悄"创造"历史。上世纪末，他在位于东北宫城县的上高森遗址，屡屡发掘出五十万年前、六十万年前、七十万年前的旧石器，把日本列岛的人类活动从三万年前上推了二十多倍。藤村新一的考古新发现，作为经济低迷时代的兴奋剂，上了日本高中的历史教科书。

后来呢，藤村往遗址里偷埋"旧石器"的现场，叫摄影记者抓个正着。

魔术穿了帮，骗局露了馅。

笔者无意贬低日本考古界，藤村毕竟只是个例，相反，倒要为他们新闻界的勇于揭丑叫好！

一天晚上，我下榻静冈县的一家山间旅社。灯下，忽然又想起太宰治的《富岳百景》。那还是当年读研究生时（导师是亚非记协书记杉山市平），因为查找太宰治描写青年鲁迅的《惜别》，捎带浏览了这篇自传体的小说，这一看就喜欢上了，一读再读，有些段落几乎能背诵，想忘也忘不掉。太宰治写他某夜酒酣无眠，索性出门闲逛，是时月色清朗，富士山很美，他感到自己像被狐狸迷住了一般。

太宰治写道："富士山湛蓝欲滴，给人一种磷火般燃烧的幻觉。鬼火，狐火，萤火虫，芒草，葛藤，我感到自己飘飘然，径直穿行在它们当中。只有木屐的呱嗒、呱嗒声，在夜路久久回荡。那声音清脆得好像不是发自我的足底，而是发自其他的生物。我悄然回首，但见富士山悬于半空，泛着幽蓝的清辉。我深吸了一口气，感觉自己就是维新志士，就是鞍马天狗（谜一样的神勇人物）。我把双手揣进怀里，大模大样地走着，体会自己宛然一个大角色。"

多半受了太宰治的蛊惑，是夜，我翻来覆去，怎么也睡不着，索性披衣出门，下到二楼的露天阳台。风生在腋，月映在池，虫鸣在野；抬头，富士山的魅影屏于北天，与我森然相对。

往事历历，青春时期的夙愿，又浮上脑际。

半晌，借着一阵飘然而至的轻风，我听见富士山在说："您还欠我一次攀登。"

"您又不是泰山，我为什么一定要朝拜？"老毛病又犯了，心里明明在发痒，嘴上却是一副不屑。

"这个嘛，哈哈，您来了自然就会知道。"

一颗流星，自高空坠于山巅。

那是上天的属意吗？

瞬间又想起了太宰治。小说中，他是借住在山梨县南部的御坂岭，闭门写作。一段日子后，茶馆的老板娘看他有点慵懒，便出言相劝：

"您是寂寞了吧。去爬爬山怎么样？"

他回答："即使爬上去，转瞬又得下来，多无聊。再说，无论从哪儿爬，看到的都是一成不变的富士山，实在提不起精神。"

老板娘觉得他的话有点怪，不再搭理。

唉，寂寞，寂寞，世人多对之发出诅咒，可对于作家来说，寂寞算个述！写作，本来就是一个人的事嘛。唯孤独者能潜于心，唯潜于心者能游于艺。然而，可是，在这山上的小小茶馆，他纵有万千苦闷、纠结，又能向谁诉说！

当晚，临睡之前，他一边轻轻拉开窗帘，隔着玻璃眺望富士山，一边咀嚼自己的烦恼。他说："我感到痛苦莫名。不是为写作——纯粹的动笔是我的乐趣——而是为我的世界观、所谓艺术、所谓将来的文学、所谓独辟蹊径，至今还没有确立而日夜萦怀，郁郁不乐。"

就在这当口，恍若天启，月光下泛着诡蓝的富士山，使他打了一个寒战，让他突然悟到：只有这样，把自己捕捉到的自然而又简洁、朴素而又鲜明的形象，直接铺写到纸上——这就是文学的出路。

这么一想，道是无情却有情，往日眼中一成不变的富士山，陡然笼罩上一层哲学与美学的光晕。

太宰治断定：这正是我要追求的"单一表现"的美。

——太宰治的作品日后被归为"无赖派"，但我要说，他此时此际的追求决无颓唐、自虐，也无偏激、乖张，正是以《富岳百景》为标志，尔后数年，他的创作步入了健康而明朗的轨道。

太宰治的顿悟，何尝不是许多文学人的顿悟。

我虽不才，勉强也算得半个文学票友。"好吧。"似乎是顺了太宰治的思绪，我回答富士山道，"我会去看您。不过，这次来不及了，等下一次吧。"

这一等，又是七八年。

红尘苦短，人的一生，能有几多七八年好等？是践约的时候了，也许，我真的欠富士山一次攀登。

2014 年 7 月，我登上了五合目。

不是手脚并用的攀登，是搭乘巴士飘然而上。

五合目在山的中部。至此，俄然想起一个日文汉字：峠（とうげ）。这是日本人的自创，咱们中国没有。左边从"山"，右边是一个"上"一个"下"，山之上下，活灵活现的会意字，日本辞典解释为山路、坡道的顶点，即上山路和下山路的交界处，国人编辑的《现代日汉大辞典》，释为山顶、山巅，注意，这中间是差之毫厘失之千里的哦。

如果不看辞典，只看字形，我会把它理解为山腰。

是日天气晴好，五合目游人如织，盈耳莫非汉语，"织"的莫非是中国游子的异乡情。冷眼站定了看，半是微笑，半是苦笑，国人的心态忽晴忽阴，个性十足，旗帜鲜明，一面蜂拥观光，狂扫日货，一面逮机会就大骂"小日本"。

日本和中国，注定了是一对冤家。

曾经有爱，书同文，风同俗，爱得难分彼此；遽尔成仇，前有甲午，后有"二战"，往事不堪回首，偏又屡屡回首，欲罢不能、不止、不休。唉，何不把它放下，换个轻松的话题，于是索性避开大队游客，登上休憩园三楼的观景台。

近观富士山，未免失望。仰看，它坡度平缓，六合目、七合目略有绿意，八合目以上，不是秃不啦叽的残雪，就是荒凉粗糙的火山岩。俯探，视线为道路、林木遮挡，不见盘绝与渊深。

理想的富士山，还是要到艺术作品中去找。

太宰治在《富岳百景》末尾，写他为东京来的两个女孩子照相。他有意把镜头对准富士山，而忽略了人。这是暗喻他的心里只有富士山。

我辈不行，因为靠得太近了，不，不是近，是"只缘身在此山中"，随你选哪一个角度，人都会拍得很大，而富士山，只是一鳞半爪的陪衬，是杂乱无章的背景。

每年七、八两月，冰融雪化，富士山开放登顶，是爬山的黄金季节。

日谚云："不登富士是傻瓜，登两次也是傻瓜。"

是说比起爬山过程的辛苦，既登之后，触目所及，不过满地炉灰渣而已吧。

在休憩园的门口，意外发现一尊纪念铜像，五十岚贞一，以一百零五岁高龄，登顶富士山。

我为之震慑。

我震慑的是人的精神。

眼前的记录足以傲视王侯，任何国家任何朝代的王侯。

人生亦如爬山，比起这位五十岚公，我还有三十多年的长路有待征服。

不论根据日本辞典还是中国辞典，我自觉都还没有到达"峠"。

感谢富士山，您使我进入一个新的境界。

归国，中断原来的写作计划，兴致勃勃，把笔尖指向扶桑。

毕竟，我围绕着它忙碌过二十多年。

村上春树在他的小说里反反复复写到井，我不经营小说，唯涉足散文，散文也应该有井。

如果说有那么一口待掘的井，喏，日本题材就是——曾经被放弃，也可解释为被冷藏，如今不妨揭开井盖瞧瞧。

历史和现实一再证明，日本是个值得认真对付的冤家。它的圆润多来自中华文化的滋养，它的龃龉多体现在对文化母国的反噬。敬之无由，避之无门。国人中流行着一种"漫骂症"——如果骂能骂倒日本，你尽可每天骂它百十次（且不论骂倒了之后又如何）。可惜，骂并不顶用，反而会掩盖或助长自身的孱弱。重要的不是骂，不是恨，不是责，俗话是怎么说的，"打铁还需自身硬"，咱不是战胜国么，战胜者就得拿出战胜者的威仪，关键的关键，是你必须做大做强，不怒而威，虎虎生威，虎虎神威！

泰山是用不着挥拳头、出恶声的，它矗立在那里，它永远是"会当凌绝顶，一览众山小"的泰岳。

鲁迅说得好："明言着轻蔑什么人，并不是十足的轻蔑。惟沉默是最高的轻蔑——最高的轻蔑是无言，而且连眼珠也不转过去。"

有人说，鲁迅一辈子骂这骂那，逮谁骂谁，骂得国人灰头土脸，无处遁形，就是不骂日本人。潜台词是：鲁迅亲日，有汉奸的嫌疑。

那是因为你不懂鲁迅，也不懂日本。

我不敢说懂得多少鲁迅，也不敢说懂得多少日本，而且，以我这把年纪，这种资质，这份对东瀛多年的荒疏、隔膜，若妄言作什么深入研究，只会让行家失笑的了——实话实说，也就是走马观花、蜻蜓点水地"到此一游"。

顺便插几句，日本对中国的研究非常到位，可不要小看这一点，人家可是在你的肚子里待了一两千年，每节肠子都理得清清楚楚。早在1928年，戴季陶在《日本论》一书中写道："'中国'这个题目，日本人也不晓得放在解剖台上解剖了几千百次，装在试管里化验了几千百次，我们中国人却只是一味地排斥反对，再不肯做研究功夫，几乎连日本字都不愿意看，日本话都不愿意听，日本人都不愿意见，这真叫作'思想上闭关自守''智识上的义和团'。"

曾见某学者只是想厘清人家"谢本师"之后，又转从别国学了哪些本领，甫一着手，一顶"汉奸"的大帽子就兜头扣下。

那些义和团式的爱国者哪！

又曾见某人记游，说"从东京站出来，迎面一栋圆形的大楼"。当我身临其境，却怎么也找不到圆形的建筑。细考，他大概是受了"丸の内ビル"（丸之内大厦）标牌中"丸"字的误导，愣把它臆断成"圆形"大楼了。

在观察的精当、谨严上，就是要学学日本人。

——日本曾经是我们的学生，想想人家当学生时的如饥似渴、磨砺自强。日本后来跃升为我们的老师，想想当年举国的无措、迷茫、苦痛、不甘和不屑。正是因为苦痛和不甘，才铸就了今天的部分赶超；而不屑，始终是个盲区，民族大情绪下的小小陷阱。

言归正传。我动手草拟"笔叩日本"，脑海里拂不去五十岚，也想拿他说点儿事。

搜集他的资料，先查中国网，只有两条，其一，是闽东的一个游客写的：福岛县老寿星五十岚贞一，连续十四次攀登富士山，九十九岁那年，即 1988 年 8 月，登上富士山最高点"剑峰"。其二，是一份日文的富士山年表，1988 年栏下，写着：五十岚贞一，一百零三岁，挑战富士山成功，创立登顶的最高龄记录。

同为 1988 年，前面说是 99 岁，后面说是 103 岁，这误差也太大了啊！到底多少岁？

继而查日本网，据 1988 年 8 月 9 日的《山梨日日新闻》：五十岚贞一，1988 年 8 月 8 日攀上富士山最高峰，周岁一百零一。世传一百零三，也有传一百零五。五十岚先生生于 1886 年 9 月 21 日，登顶时实为一百零一岁又十个月，虚岁一百零三。

富士山年表的记载是正确的。

铜像标明一百零五，这属于"公开宣传"——凡事一涉宣传便难免言过其实，夸大其词，这已是不证自证的公理。

关于五十岚贞一的消息，查来查去，只有这一条。

材料不足，巧妇难为无米之炊。我想不通他们为何如此吝啬，既然连铜像都摆出来了，既然连年龄也都往高里拔，何不形成新闻轰炸，从报道到文学到漫画到影视？

也许有的，我没看到。也许没有，日本人就这么笨哪，非得等待别个来提醒。

我不甘心，2015 年暮春，"前度刘郎今又来"。

此番来富士山，很大程度上，是为了挖掘五十岚贞一的材料。

偏偏天公不作美，登山前日，普降大雨，夜里山路结冰，巴士上不了五合目。

作为安慰，导游把我们带到位于山脚的富士山资料馆。

事后看，倒是来对了。

在资料馆，有幸看到富士山的全部历史档案，从诞生到史前到史后到当今；有幸看到富士山多角度多层次的美，涵括春夏秋冬、雨雾阴晴、风花雪月（包括我当年购买的那些图片）。

美的背后，是暴戾恣睢，任性妄为。富士山是一座活火山，自公元 781 年有文字记载以来，已然喷发过十八次，平均不到七十年就咆哮一次。

最后也是最近的怒火，发泄在 1707 年。

从那时起，已经休眠了三百零八年。

就是说，早过了平均的休眠年限，随时随刻都会苏醒。

亏得日本人安于命运，笃实隐忍，否则，附近山梨县、静冈县的居民，神经稍微衰弱一点的，岂不是要日夜陷身于忐忑不安。

上帝对日本似乎特别严苛，他把占世界十分之一的火山丢给了这个列岛。其中，活火山占去三分之一。富士山就是活火山的老大，海拔最高，脾气最暴烈。山顶留有两个火山口，大的一个，直径约八百米，深二百米，应该就是我在飞机上看到的那张"豁牙缺齿的裂嘴巴"。

再加上那层出不穷、不请自来的地震、台风、海啸、泥石流……日本人的忧患意识、危机感，可说是与生俱来，如影随形。

难怪《日本沉没》《日本危机》《日本面临挑战》《日本的悲剧》《日本即将崩溃》《日本向何处去》等警世醒世策世之论，充斥书报影视。

难怪大和民族历来感伤与进取并蓄共存，和平与侵略轮番上演——忧患赋予他们出奇的团结、坚韧、执着、精细、及时行乐、向死而生，危机又让他们一而再、再而三地把寻找出路的目光投向大陆，投向扩张。

还有，难怪要建那么多那么多的神社，要设那么多那么多的祭（节日），要叹那么多那么多早开而又早谢的樱花！

太宰治没有深度挖掘，他曲里拐弯传达的，只是富士山外在的美。

美在庄严、简洁、凌虚、孤拔。

对于我，富士山的意义，在于它是一个不折不扣的日本文化密码。

五十岚贞一要是写文章，也一定能登上文学的富士山，听说他登山的最后一段路是被别人架着走的，抬着也行，只要能上，只要双脚能落在峰巅。

凡百岁高龄登上绝顶的，不是神仙，也是神仙。

说话就到了 2015 年 9 月，一个周末，趁东瀛自由行之便，我决意再登一次五合目，再看一眼五十岚的铜像，我的要求不高，顶多还想和他（它）合个影。

车到富士急游乐园，再有片刻就要转入登山道了，友人之子忽然掉转头，对我说："伯伯，山上有大雨，今天上不去了。"

抬头，但见前方云深似海，黑压压的，刚才只顾埋头回忆往事，忘了观察。

友人之子说："那就是大雨。怪我，早晨看东京天晴，就没查富士山的天气预报。"

已经到了山脚，怎么办？

"要不，先到游乐园玩一玩，等等再看。"友人之子建议。

"不，"我想起《世说新语》中"乘兴而行，兴尽而返，何必见戴"的典故，说，"那就回去吧。"

"您难得来一次……"对方犹豫。

"我这不是已经到了嘛。人未上，我的心上去了。"我向他解释。

友人之子是学经济的，大概不能理解文学人的禅意，他给老爸打电话。

友人听罢原委，说："那就听卞先生的。"

于是，通过折返口往回走。

途经八王子市，停车加油，我趁便也下车活动活动。偶尔回眸一瞥，愕然发现，富士山那标志性的圆锥形白顶，仍旧傲然超然地耸立在云层之上。

哈！敢情这场败我雅兴的大雨，也就在山腰、山脚抖抖威风，再往上就彻底没戏了。凡事都为高度所限，暴风雨的限高在云层，艺术的限高在才华，政治的限高在民心。嗯，有场风雨铺垫也好，我想，如果此时有谁越过风雨从空中往下看，那银镶素砌的火山口，当不失为一朵水墨泅染的素樱花。

聂耳传奇的传奇

一

聂耳只活了二十三个春秋，比英年早逝的莫扎特还早逝十二年，比彗星一现的舒伯特还小八岁，天妒英才，韶华不为少年留。但是呢，如果让他在音乐和长寿中抉择，我想，他宁要这生如夏花之绚烂的短暂音乐年华，也不要那死如秋叶之静美的平庸长寿。

聂耳二十三岁孟春的仰天一啸，谱成风云易色、星河异彩的中华人民共和国国歌。

这是一奇。

聂耳将生命的句号，也是惊叹号，放在了大海，异域的海，弁才天女神（音乐艺术之神）守护的海，直通太平洋、黄海、东海、南海的海，波拥波浪搀浪地拍打着生他养他的那片热土的海——年华不与水俱逝，纵死犹闻鱼龙吟。

这是二奇。

一九五四年，在聂耳溺水身亡的神奈川县藤泽市，在有了那样一场侵略与反侵略激烈交锋的"二战"之后，在法理上还属于敌国的日本市民，却出于敬仰，付诸博爱，突破意识形态的壁垒，为聂耳在湘南海岸竖起一座凛凛的丰碑。

这是三奇。

二

二〇一八年四月十三日，我们一行三人，来到聂耳的殒命之地，藤泽市的湘南海岸。

是齐藤孝治先生的大著把我引来的。

事情可以追溯到一九九七年五月，在云南省玉溪市的聂耳老家，我与齐藤先生不期而遇。

齐藤先生正在写聂耳传，为搜罗素材，他和我同步跨进聂氏祖上的一所旧宅。

一个日本人，主动为我国的音乐家聂耳作传，主动为"起来！不愿做奴隶的人们！把我们的血肉筑成我们新的长城！"作文学领域的正声，这件事，令我怦然心动。

叩问之下，原来，齐藤先生一九三六年生于中国长春，日本战败前夕返归母国，一九五五年进入早稻田大学历史专业。是年岁尾，中国科学院院长郭沫若率团访日，在早稻田大学演讲《日中文化交流》。齐藤先生因为从小出入中文，攻读的又是历史，遂兴起关注郭氏早期旅日年间的作品之念，他向主讲中国文学的实藤惠秀教授讨教，后者给了他一册《聂耳纪念集》，内中收有郭氏当年的诗作《悼聂耳》。诗云：

雪莱昔溺死于南欧，

聂耳今溺死于东岛；

同一是民众的天才，

让我辈在天涯同悼！

大众都爱你的新声，

大众正赖你去唤醒；

问海神你如何不淑，

为我辈夺去了斯人！

聂耳啊，我们的乐手，

你永在大众中高奏；

我们在战取着明天，

作为你音乐的报酬！

实藤教授还给了齐藤一帧相片，为聂耳初到东京之际拍摄。画面中，四男一女，男士皆中国人，倚栏伫立于后，女士乃日本人，屈膝蹲于众前。右下角以毛笔斜书："一九三五、四、二八　东京　隅田公园"。边框外用中文标明："聂耳（左）在日本与张鹤（天虚）等人的合影"。

就是这帧相片，让齐藤先生把"聂耳传"一梦数十年。

三

一九九九年七月十七日，值聂耳逝世六十四周年，齐藤先生的大作《聂耳——闪光的生涯》在日本隆重推出，后援团体为"聂耳刊行会"。

稍后，我收到齐藤先生的赠书。

齐藤先生的聂耳传，就是以那帧日久泛黄的相片破题。他是在得到相片四十一年后，即一九九六年一月，才历经曲折，终于找到合影中唯一的日本女士渡部玑（音译）。

渡部女士是聂耳房东尾原先生的妻妹，小学老师，当时负责教聂耳的日语。

"二战"末期，聂耳在东京暂居的那栋三层小楼，毁于美军地毯式的轰炸，片瓦寸木无存。房东尾原先生夫妇，在大轰炸前就搬回福岛县老家，且早已故去。渡部女士呢，在聂耳日记中被称作"渡边妙子"，不知是有意还是无意，反正是差之毫厘，谬以千里，纵然警察厅出面恐怕也帮不上多少忙。但齐藤先生就有那份执拗，那份耐心，简直像从大海捞针一样，围绕着尾原家族的直系旁系亲属，亡故的和健在的，层层挖掘，步步跟进，硬是从茫茫人海，把高龄八十有四的渡部女士"捞"了出来；不是奇缘，胜似奇缘。

渡部女士告知：聂耳想在短期内掌握日语，我发现他的确有非凡的语言天赋，入耳不忘，一听就会。学了不久，我就给他朗读夏目漱石的作品，他也经常给我拉小提琴。

旁证：聂耳原定留日一年，并将它分成四个阶段的"三月计划"，第一阶段是闯过日语口语难关。据齐藤先生访录，仅仅一个月后，聂耳与照明师大坪重贵相识，后者回忆初次见面，说：你想知道聂耳当时的日语表达能力？我告诉你，他讲得很流利。

又据吴宝璋的《人民音乐家——聂耳》一书披露：六月，某次中国留学生聚会，聂耳出席演讲。因为有日本人士参加，所以配备了日语翻译。然而，聂耳说到一处，翻译竟卡壳，翻不出来，倒是来东京仅仅两个月的聂耳，主动把它译成日语，听众无不拊掌称奇。

难怪中日两国的朋友都喜欢叫他"耳朵先生",一是,他姓聂名耳,按繁体汉字,是四只耳,二是,他对音调和语言有超乎常人的特殊敏感。

音乐天才就是音乐天才。

聂耳日记显示,聂耳和渡部玳,两位异国青年男女,在接触中渐渐萌发了微妙的情愫。

是以,渡部女士不无感伤地说:"我们应该极为珍视这种转瞬即逝的旷古友情,可惜,现在说什么也来不及了……"

那帧相片是翻拍的。齐藤先生后来到了昆明,在聂耳三哥聂叙伦家里发现了原版,确认合影上的毛笔字,是渡部女士的手迹。

齐藤先生写道:"我着实为人与人之间这种奇妙的缘分而感到不可思议。"

四

相片上的另外三位男士,分别是聂耳的云南同乡张天虚、杨式谷,以及同是借宿在尾原家的台湾青年郭君。

齐藤先生由那帧相片,以及聂耳的日记、日本媒体的零星报道,顺藤摸瓜,一路往前搜索追踪。譬如,当时的留日文化人陶也先、吴天、刘汝礼、杜宣、郑振铎、林林、雷石榆、吴琼英、张建冬、李仲平;譬如,由陶也先介绍结识的舞台照明师、后来一道去湘南海滨度假的朝鲜青年李相南,以及度假地的房东、李相南的好友滨田实弘与其家人,还有聂耳逝世后率先在《朝日新闻》撰文悼念的戏剧家秋田雨雀,等等。

尔后，线路延伸到中国境内，这就瓜熟蒂落，瓜瓞绵绵，素材越来越翔实丰富。

齐藤先生先后八次访华，都是由聂耳的侄女聂丽华、聂蕙华陪同。

因为从早稻田大学毕业，进入媒体，具历史与新闻这两方面的功底，齐藤先生采访中特别注重细节。譬如，一九三五年四月十五日，聂耳从上海公平路汇山码头登上日本邮船"长崎号"，郑君里、袁牧之、赵丹等友好赶去相送，齐藤先生写道：

"赵丹后来回忆：'离别的那一天来到了，牧之、君里与我，还有其他几人一起去送行。我们看着聂子登上轮船，然后，船只缓缓拔锚离岸，连接船和岸边的五彩带顷刻被扯断。我举起望远镜，看到他在拭泪……这是我第一次，也是最后一次，看到聂子动情流泪。'"

齐藤先生又写道：

"一九六一年五月，司徒慧敏率领中国电影代表团访日，赵丹随行。他无法忘怀挚友；加之两年前，在郑君里导演的影片《聂耳》中，他扮演的正是聂子。因此，访日期间，赵丹特意抽出空隙，请担任译员的影评家森川和代引路，驱车来到好友的归天之地。

"肃立在被海风天雨损毁的纪念碑前，赵丹满含热泪，百感交集。转而，他低首垂目，默默祷告，献上心香一炷。良久，良久，才重新启开眼帘。归途，他恍若魂留海岸，面色苍白，一声不响。赵丹'文革'中系狱，引发癌症，卒至恶化，一九八〇年十月十日不幸逝世。赵丹殁后，才传出，就在那次悼念归途，他作出决定：死后要将一半的骨灰葬在聂子碑旁，以陪挚友歌吟咏啸，魂魄相传。

"遗憾，实在是遗憾！当时担任藤泽市市长的叶山峻透露：'赵丹去世后，他的夫人（黄宗英）访日，向我提出了丈夫的遗愿。我很为难，因为那里属于县立湘南海岸公园，不是墓地，不能随便埋葬骨灰。因此，我不得不狠心地婉拒了赵夫人的请求。'"

又比如，最早把聂耳介绍给日本、尔后又为聂耳纪念碑撰文的戏剧家秋田雨雀，当年究竟有没有和聂耳见过面？许多人认为，肯定见过，板上钉钉，确凿无疑。大坪重贵还提供"聂耳跟秋田雨雀学习民谣"的佐证。齐藤先生查了秋田雨雀一九三五年的全部日记，确认：仅为神交，没有面晤。

这都是披沙沥金的珍贵史料。

也有遗珠之憾。聂耳的朝鲜友人李相南，据说当年回到了汉城——汉城虽远，犹是须臾可至；又据说，后来去了"三八线"之北——虽说和扶桑也是隔水相望，但那是隔膜、隔阂、隔绝，可望而不可及。

再又，聂耳青梅竹马的女友袁春晖，听说如今生活在个旧。个旧离昆明，也就四小时车程，齐藤先生数次到访昆明，却没有往前再走一步，公开的说法是"限于日程紧迫"——除此而外呢，或许，还考虑到当事者阴阳悬隔，魂断蓝波，他不忍再去拨动劫灰。

五

是日上午，我们是从镰仓乘电车出发，至藤泽，转车往鹄沼——出得车站，穿小巷，越隧道，老远就闻到了海腥气；然后，登上一段斜坡，豁然开朗，湘南海岸到了。

此处宕开一笔。

怎么会是湘南？——是的，它就叫湘南，而且和你脑际掠过的湖南之南有斩不断的渊源。传说是因为信奉中国湘南一带的禅宗（沩仰宗），或说是这里的地貌宛若中国湘江流域的衡阳盆地。日本的文化就有这么萌哒哒，动不动就把他国的标签拿来贴在自己脸蛋上。

对岸是江之岛——奇怪，眼前明明是相模海湾，为什么不叫海之岛？
这个，大概也是呼应湘江吧。没有权威解释，我大概是第一个这么想。
曩昔中华是上国，上国的山水在引人神往，肉眼望不见的浩浩湘江，
无疑存在于大和民族情感的深处，深深处。

江之岛是从海底渐渐拱出，起先是落潮才现的沙洲，为陆地不屑
一顾。后来愈拱愈高，有了岛屿的雏形，引起陆地的好奇，伸出一只
胳膊去试探。再后来，因为海水上涨，彻底成了孤岛，陆地也就撒手。
直至地壳的冲天一怒（关东大地震），它八成有点慌了神，又主动和陆
地拉起手。

现在拉手处，修建了大桥。

桥名弁天。岛上供的是弁才天（辩才天），是日本神话中的七福神
之一，专司音乐和娱乐，近似于希腊神话中的缪斯。

言归正传。一九五〇年，藤泽市有个叫福本和夫的，是资深的马
克思主义者，一天，他从英文版《人民中国》杂志，读到新中国的国
歌以及作曲者聂耳的生平介绍，他为《义勇军进行曲》的雷霆万钧之
势裹挟，为聂耳在当地的不幸溺亡扼腕，遂转请曾任藤泽市议员、也
是反侵略同道的词作家叶山冬子，将《义勇军进行曲》的歌词译成日
文，在市民中广为传播。

同年，朝鲜战争爆发，中国人民志愿军赴朝抗美，而日本正摇身
一变为美军的马前卒——在这样的大背景下，宣扬诞生于抗日烽烟中的
中华人民共和国国歌，是需要有逆潮流的大勇的。

岂但如此，福本和叶山还挺身而出，公开募捐，呼吁为聂耳在溺
亡的海滨竖立纪念碑——不啻是要在真理的公海耸起一座闪烁明灭的
灯塔。

光天化日，大张旗鼓。

民众热烈响应。

他们，自然爱日本。他们，自然也爱聂耳。爱聂耳就等于爱……等等，我知道你接下去将如何类推，这是幼稚的，形而下的，直白说，就是尚停留在幼儿思维的推理；爱，或者不爱，或者半爱半不爱，或者又爱又不爱，这种粗略的判断存在风险，很多风险都是由简单类比带来的。在此，我们只要认定，这就是藤泽市民众的拳拳盛意，这就是驳杂而又纯粹的人性剪影。

一九五四年，即朝战结束次年，纪念碑顺利落成，地址选在鹄沼海滨公园，就在离聂耳溺亡处不远的引地川河口西侧。鉴于当时中日还未恢复邦交，我国派出红十字会会长李德全女士，前往主持揭幕仪式。

碑文作者是秋田雨雀，书写者为丰道春海：

记念聂耳

这里是中华人民共和国的作曲家聂耳的终焉之地。

他于一九三五年七月十七日来此避暑游泳，突然消逝于茫茫波涛，成了不归之客。

聂耳一九一二年生于中国云南，师事欧阳予倩。在短短的二十几年的生涯里，留下了歌颂中国劳动民众的《大路歌》《码头工人歌》等大作。现在成为中华人民共和国国歌的《义勇军进行曲》，也正是他的力作。

附耳过来，至今犹可听到聂耳的亚洲解放之声。

这里是聂耳的终焉之地。

一九五四年十月　秋田雨雀撰　丰道春海书

一九五八年，一场鲁莽的飓风袭击鹄沼海岸，冒失的海潮冲坏了纪念碑。

"问海神你如何不淑？"一九六一年，赵丹来此，他的脑海想必也会情不自禁地浮起郭沫若当年的怒责吧。

一九六三年，藤泽市成立"聂耳纪念碑保存会"。

一九六五年，藤泽市议会决定重为聂耳立碑。保存会出面募集捐款，数月间，募得日币四百余万（当时日本大学毕业生初薪为每月21600日元，此款相当于185个新毕业大学生的月薪——笔者），遂于当年九月再度立石分土。廖承志东京办事处首席代表孙平化，见证了这大爱无疆、尽释前嫌的一幕。

新碑坐落在引地川河口东侧的湘南海岸公园，置于更加宽阔坚固的台座。两边各添一块碑石，一块立着的，刻着叶山冬子的儿子、时任藤泽市市长叶山峻书写的"聂耳纪念碑的由来"，一块卧着的，刻着郭沫若的题字"聂耳终焉之地"。

一九八一年，中国步入改革开放，藤泽与聂耳的家乡昆明结为友好城市。

一九八五年，适逢聂耳遇难五十周年，湘南海岸公园的这一隅扩建为聂耳纪念广场。

二〇一一年，昆明市人民政府在广场西侧立碑勒铭，上书："一曲报国惊四海　两地架桥惠万民"。

我们看到，广场中央有一块白石，平放，高不足一米，前端稍稍上扬，从后边看过去，宛然一册摊开的乐谱。碑的正中凸出三道横石，四周凹下数条浅槽，凹凸相间，组成一个令风云驻足、星河倾身的大大的"耳"。

广场南面，是一堵两米见方的纪念墙，由不规则的粉红色石板拼成。左上方，嵌入圆形的铜制聂耳胸像，右下方，嵌入方形的铜制聂耳亲笔签名。

如今，每年的七月十七日，藤泽市民众都会来此举行公祭，纪念中华人民共和国伟大的音乐家聂耳。

音乐无国界。

天才无国界。

正义之声无国界。

纪念碑再建以来，跨越半个世纪，从未遭受一次自然的和人为的破坏，也是奇迹中的奇迹！

向"聂耳纪念碑保存会"的会员致敬！

向藤泽市的公务员和民众致敬！

向这片土地上所有热爱聂耳、热爱新中国、维护日中友好的国民致敬！

我此番日本之行，最重要的一站，就是这聂耳纪念广场。

是日，骤雨初霁，天高日晶，我们仨，就地采了一束野花，以献祭聂耳的在天巨灵。

音符是桥，人心是路。有这一座纪念广场，有这一尊铜制胸像，聂耳就成了这片土地上的神，他的《义勇军进行曲》，自然也成了神曲。

《义勇军进行曲》曾经是战歌，当然。《义勇军进行曲》又不仅仅是战歌，也是当然。音符的意志突破语言的樊篱，民族的樊篱，国家的樊篱，自由翩飞在大山大海之上，九霄九天之上——难怪人类最初向外星人发送的问候，就包括一张收录了地球上各种最具民族特色的音乐唱片。

回到本书序言的设问：一衣带水是多远？如果你恰恰读到这里，如果你对该设问还没有明确的答案，那么，请放下思考，不妨换个思路，换个角度——有一个直截了当的法子在——请问一问那长眠在湘南海滨的聂耳，问一问那日夜拍击日中两岸的大海的波涛，以及，问一问那在一场骤雨后横挂天宇的七彩长虹……。

早安！德意志的乡村

村口往东南，是一条暗灰的沙砾路。路的右侧，呈斜面坐落三幢农舍。第一幢，树篱紧贴道边，蓝砖蓝瓦，色调爽朗而澄静。楼作两层，屋顶向上攒聚成复瓣，若从高空俯视，俨然一朵含苞欲放的蓝玫瑰。透过树篱的缝隙，瞥见院里有柔碧的草坪，有娇媚的盆花，有帆布躺椅，还有一只系着铁链的狗，隔着篱笆向窥视者发出猗猗的短吠。闻声，主人从躺椅抬起头，冲我送来一抹抱歉的微笑。那一刻，我瞅见他左手捧着一册书，右手擎着一朵花，书已半展，想必耽读有时，花犹带露，显系摘下不久。此情此状，若醍醐灌顶，甘露洒心，顿时想起近年的一句流行词："人，诗意地栖居在大地之上。"

这词是从荷尔德林的诗中摘出来的，荷诗原题《在柔媚的湛蓝中》，国内至少有三种汉译，我曾比较的，也就这一句，分别是：一、"功德圆满，而人却诗意地，栖居在大地之上"；二、"充满劳绩，但人诗意地，栖居在这片大地上"；三、"劬劳功烈，然而诗意地，人栖居在大地上"。瞧，三种译介，关于主体部分的表述——人，诗意地栖居在大地上——惊人一致，差别仅仅体现在缀前四字的推敲，是译者的偶然巧合？不，只能说是英雄所见略同，心有灵犀一点通。

第二幢，略为偏后，黄墙红瓦，楼依然作两层，带阁，造型有点像反置的 L。也有篱笆，不，栅栏，木质，高逾一丈。这是对生存空间的保护，是个人尊严、生命尊严的外化。栅栏爬满南瓜藤，随处悬垂着乍金犹黄的果实。无疑，这瓜是没人偷的，或不怕偷的。院内无人，凉亭支着一副画架，画布上是一幅未完成品，油彩斑斓，似火树银花，又似落英缤纷。猜想主人是一位艺术家，至少是位乡村艺术家，昨夜与朋友高歌狂饮，纵论创造与美学，今朝霞染轩窗，犹自梦迷黄粱。多想他这时——恰恰是这时——"吱呀"一声推门出来，于是主客双方同时用异质的语言招呼"早上好"。哦，在这样的时空，这样的萍水相逢，套用康德的话，连"早上好"一词，也会升华为某种形而上的命题。

才要迈步，身后"咕咚"一响，回头，一颗又大又圆的南瓜，自栅栏的高处坠落，砸在草坡上，然后，通灵一般，直滚到我的脚边。啊，是感激我目光的抚爱吗？是唤醒我乡居的甘美吗？还是代表宿醒未解的主人殷勤送行？

我把它捧起，掂了掂，好重的分量——果实成熟，是该向大地谢恩的时候了。在朝阳一面的瓜棱，留有一处叶形的光斑，不，是太阳的热吻；我也学阳光之多情，搂着它亲了又亲，火辣辣地。末了，仍把它搬回栅栏，搁在一蓬雏菊旁，等待它主人大呼大叫的发现。

第三幢，又稍稍错后，平房，粉墙青瓦，没有篱笆，也没有栅栏，仅有一丛芭蕉掩映，蕉分窗而荫绿，花覆圃而流丹，撇去屋顶双天窗、双排气孔的造型，就情调而言，宛然故国江南的遗梦。宅之右角有一树老榆，粗可十围，铁干铜枝，碧叶虬结，繁阴匝地。榆下有一亩方塘，水清见底，水面嬉戏着三四只野鸭。屋主或许是华侨，我想。也不排除是受过东方文化洗礼的德国佬，我又想。法兰克福的歌德故居，二楼主厅，不就名为"北京"，厅中陈列着中式的家具、壁挂、风琴？焉知眼前这扇饰以铜环的红漆大门启处，不会走出一位当代西方的陶渊明？

路的左侧为原野，一马平川，一望无际，乍一看，和故国没有什么两样。区别，或者说差异，当然有，主要体现在色彩丰富，层次分明。比方说，同样是麦子、向日葵、葡萄、蔬菜、花卉、牧草，这里一畦一畦，穿插生长，所以一眼望去，从金黄到翠绿，从姹紫嫣红到鲜青嫩碧，纵横有序，赏心悦目。最让我感动的，是刈后的牧草，不是东一堆西一垛地随便乱码，而是用机器捆扎成一个又一个的圆柱体，排兵布阵般撒放在大野，如此一来，那失魂丧魄的枯草，仿佛又集体还阳，焕发出雄赳赳气昂昂的神威。

视野的尽头，为绿树遮掩的地平线，居中，电视塔一般，耸起一座教堂的钟楼。荷尔德林的诗是怎么说的？"在柔媚的湛蓝中／教堂钟楼盛开金属尖顶／燕语低徊，蔚蓝萦怀。"由于距离过远，燕儿飞翔我无法看清，遑论呢喃，炫目只有蔚蓝、蔚蓝、蔚蓝，纤尘不染的蔚蓝，一碧如洗的蔚蓝，吸一口气令人清爽百倍精神百倍的蔚蓝；蔚蓝的晴空映天使笑靥如花，笑语如铃，是轻盈可在针尖上蹁跹的那一族。

沿村道继续前行，右侧，百步外，出现了第四幢农舍，它完全隐蔽在一片蓊郁的橡树林中，刚才没有发现。客观地讲，不是农舍，只是一座休闲的小木屋。瞬间，电光石火一闪，另一座小木屋——海德格尔的小木屋——飞速掠过脑际，当然它不在这里，在白云之乡也是绿树之乡的托特瑙堡山。荷尔德林的诗名生前并不显赫，是海德格尔发掘并阐释了他，海氏把他从遗忘和泯灭的墓地拽出，置于聚光灯下，尊崇为"诗人的诗人"、精神家园的守护神。海氏自己身体力行，在托特瑙堡山构建了一座小木屋以躲避下界的干扰。"隔浮埃于地络，披浩气于天罗"。海氏是二十世纪的哲人，他从"技术"的飞扬跋扈中感悟到人类被连根拔起，形若飘蓬的沦丧。他说："如果有一天，技术和经济开发征服了地球上最后一个角落；如果任何一个事件在任何时间内都会迅疾为世人所知；如果人们能够同时'体验'一个君主在法国被刺杀和东京交响音乐会的情景；如果作为历史的时间已经从所有民族的所有在那里消失，如果时间仅仅意味着速度、瞬间和同时性；如果成千上万人的群众集会成为一种盛典，那么，在所有这些喧嚣之上，问题依旧会像鬼魅一般如影随形地纠缠着我们：为了什么？走向哪里？还要干什么？"

同样的质疑，海德格尔还有另外一番表述，他说："技术之本质只是缓慢地进入白昼。这个白昼就是变成了单纯技术的白昼的世界黑夜，这个白昼是最短的白昼，一个唯一的无尽头的冬天就用这个白昼来进行威胁。"换句话说，"技术的白昼是世界的黑夜"。海氏的这番论断，思考、形成于七十年前，如果改在今天，面对沸反盈天、沧海倒灌的物欲，和愈益荒漠化、樊笼化的心田，必定有更加精辟，也更加振聋发聩的提炼。简而言之，技术犹如八爪章鱼一般牢牢纠缠、控制着现代人，生命亦已千枷万锁、千疮百孔，大自然亦已不自然。

构建一座丛林中的小木屋，哪怕是精神上的，是诗化生活的前提。

诗化端赖于思化，不为形役，不为物役。

告别小木屋，绕过那片橡树林，前方突现一带林海，长逾数公里，深不可测，如一幅黑幕，横亘在天际。是所谓德意志的"黑森林"吧。至少，也是它的族裔。更愕然的，是林海的背后，层叠攒蠢着一列山峦。喔，先前是被视觉欺骗了，以为这儿一马平川，谁知拐过一个弯，劈面就见磊磊与峨峨。按其方位，我断定，它就是神话般的阿尔卑斯山。泰山我曾数临绝顶，根据计划，年内还要约好友在上面盘桓三日，图的是什么？是一种磅礴的精神大气，一种登高凌绝的思维。阿尔卑斯山的最高峰（勃朗峰？）也在必须"亲历"之列，不过，此番是不行了，且留待将来。嗯，此时此刻，在异域他乡，在淡金的霞光和略带土腥味的晨风中眺望向往已久的圣山，一切既往时代的五彩梦幻如山岚袅袅升腾，那感触，实在妙不可言。

我冲着黑森林走去。夹道长满了向日葵，是十分迷你的一种，高不及半腰，花盘的直径不过一只手掌。这不会是梵高眼中的向日葵，缺乏野性的肆无忌惮的燃烧。噢，梵高！噢，燃烧！在燃烧的恍惚中我看到脚下的泥土赫然转赤，那不是胸中的火光映照，是自然的红壤！红壤主要分布在热带、亚热带，此处只得惊鸿一瞥。未几，左侧逸出一条小径，通往分不清是橄榄还是板栗的果园，路面覆满芳草，绿意盈睫，和适才的红土恰成鲜明的对照。也许，贝多芬晚年就是在这样的小径徜徉，与蜂蝶比肩，与草木絮语，与日月星辰、霜雪雨露交流，才逐步走向深邃，走向生命的根源。我朝小径的幽奥望去，寂寂的，没有一个人影。记得我一路走来，除了第一幢农舍的屋主，再也没有见过第二个人。奇怪，人都哪儿去了？——嗯，只能说，人都待在他应该待的地方。

还是林莽对我更有吸引力，由岔道继续向前，翻过一道高坡，越过一条小溪，又信步徐行了两百米，就到了黑森林的边缘。我不会幻想森林之神与众仙女列队迎迓，我不是布格罗，不是海涅，不是黑塞，不是格林兄弟。但黑森林也没有使我失望，在一株蔼然可亲的老橡树下，它为我提供了休憩的桌凳。桌和凳都是原木打造，总共三排，前边竖着一杆粗木，雕饰的奇形怪状，以为是什么图腾，细察，原来是化了装的水龙头。朴拙，敦厚，原始。美，就在其间闪烁。既人性，又不失艺术的旨趣。让我失笑的，是桌面也一如敝国，随处有人涂鸦，例皆洋文，横七竖八，歪斜别扭。我懒得辨认，我希望有一行或有一字是中文——没有，除非我自己动手。真的，假如让我留言，刻句什么好呢? 未假思索, 脑库自动弹出"好风如水"。这是苏东坡的妙词, 语见《永遇乐》"明月如霜, 好风如水, 清景无限"。我很喜欢它的意境, 北京家里书房的壁上, 挂的就是这四字的条幅, 是季羡林季老的手笔。正天马行空, 悠然想象, 后方驶来一辆房车——哇! 这是我今晨碰到的第一辆车。心想车主也许会停下来, 与我共进早餐, 当然啦, 我什么干粮也没有带, 只能是请我与他们共进早餐。"对不起, 今天不行的啦, 我们还要赶很远的路。"——饱含歉疚, 司机鸣响一串喇叭, 算是作为失礼的回答; 他的一双金发碧瞳、稚气未脱的小儿女, 贴着半敞的车窗, 嘻嘻地向我挥手致意。

也罢, 这份清景干脆由我一人独享, 不亦快哉! 我挑了靠橡树的一张长凳坐下, 闭上眼, 放松四肢, 一任霞光亲吻我的面颊, 林风荡涤我的肺腑。静静地——静, 你猜我感觉到了什么? 我感觉自己也成了一粒橡实, 正在阳光下破土发芽, 舒叶展枝……旋即想起——怎么又想——尘虑未尽, 无法不想, 唉——旋即想起《金蔷薇》一书作者的告诫, 他说: "只有我们把自然界当作人一样看时, 只有我们的精神状态、我们的爱、我们的喜怒哀乐, 与自然界完全一致时, 只有我们所受的那双眸中的亮光与早晨清新的空气成为浑然一体, 我们对往事的沉思与森林有节奏的喧哗成为浑然一体、难以区别时, 自然界才会以全部力量作用于我们。"如此清新明白的道理, 让别人先讲了, 轮到我辈, 只能鹦鹉学舌, 老调重弹, 这真是后来者的悲哀。

老调重弹而仍切中时弊, 一针见血, 这更是当代人的悲哀。

德意志的意志以黑森林为背景, 黑森林以阿尔卑斯山为背景。从黑森林和阿尔卑斯山的怀抱走出黑格尔、康德、海涅、歌德、尼采、贝多芬、舒伯特、马克思、爱因斯坦……这些亮如星辰的大师, 也走出俾斯麦、希特勒……这般穷兵黩武的虎狼。德意志崇尚理性, 办事严密周到, 一丝不苟; 德意志同时也崇拜铁血, 动不动就剑指河山, 睥睨世界。冷峻和热狂互动，理性与感性并存。这个独一无二的民族，倒是值得好好研究。我有一个熟人的孩子在慕尼黑留学，我曾拿了这个问题向他讨教。他答说："德意志的理性精神催生出强盛的国力，强盛的国力繁殖出傲慢自大，傲慢自大发展到极端，便导致失去理智的疯狂。……"真是这样的"物极必反"吗？不，那就太简单，也太绝对了。我认为，德意志的"物极"欠缺一种包容万物的"厚德"，这才走向反面，导致不可收拾的灾难（如今已开始反省了）。吾国的古训说得好，唯"厚德"能"载物"嘛。

森林离周围的村落其实很近，看上去，却仿佛是原始林，黑、莽、乱、怪，密密匝匝，郁郁森森。这是植物的世界，也是生物、动物，以及阳光、雨露、空气和风的世界，真正的天人合一，万类苍天竞自由。我无壮怀激烈，也学岳武穆仰天长啸，身后惊起一群飞鸟，扑拉着翅膀在林梢盘旋，发现我并无恶意，须臾复归原枝。我注意到，这期间，没有一只鸟儿飞离林区，飞离它们世代相传的伊甸园。

头顶传来怪模怪样的鸟啼，仰面搜寻，哈，原来是一只顽皮的小松鼠。它后爪抱着树枝，前爪立起，一条毛茸茸的大尾巴，在空中摇来晃去，似乎在向我问候。啊，我有多长时间没有亲近小松鼠了？感觉上，至少有几个世纪。瞧，它的胸毛很白很白，不掺一星杂色，脊背呈灰褐，和树枝近似，而憨痴的样子像兔，而神气的胡须像猫。一双溜圆的大眼，骨碌碌地盯定我，盯得我浑身不自在，后悔身边没有带任何食物，哪怕一粒糖果也好。小家伙看出了我的窘迫，它纵身落在我面前的餐桌，变魔术一般，前爪捧出一粒松果——我明白了，在松鼠的意识中，我俩都是同类，而且，在这一带林区，它是当然的主人——"谢谢！"我用右手的食指和中指轻叩桌面，表示领情。这好客的小松鼠让我好生享受——关于沟通、和谐、平等与关爱。松鼠显然听懂了我的感谢，它留下礼物，嗖的一声又蹿上树梢。

"再见！再见！"我冲着它的背影，说，"我会永远记得你，我要把这粒松果带回东方。"

半空飘下一片橡叶，款款落在桌角，叶柄的断面还很新鲜，似是刚刚离枝。我顺手把它捡起，从它的脉络遥感莱茵河、大西洋、印度洋以及太平洋，从它的浓翠联想太阳、月亮和星星，从它的轻盈体态感悟虫吟、鸟鸣与风语，正把玩间，手机响了，屏幕显示一则短信："老魏拟去蒙特卡罗一游，你去不去？""不！"我断然决定。蒙特卡罗并非不值一游，只是这消息来得不是时候——它破坏了我此刻无欲无垢、无牵无挂的心境。饱含轻蔑，我狠狠关掉手机，想，人生最大的赌局，不在拉斯维加斯，不在蒙特卡罗，而在整天价为蜗名蝇利浪抛生命，那寸金难买寸光阴的生命，稍纵即逝、一去永不复返的生命。

有一股力量催促我扭过头，我能感觉出，是背后的黑森林。"您是有话要和我说吗？"我从长凳站起，拨开身前繁茂的灌木，向林丛探出三五步。啊，谁说草木无言，那如沸如鼓、万籁交鸣的林涛——不正是它自由而神秘的抒发。我侧耳谛听，说来你也许不信，在盈耳的复调中，有一束柔婉的清音破空而至："欢迎！欢迎你还乡！"嗨！我的老家没有森林，平生也没有接触过真正的原始林，这种"还乡的"说法从何而起？难道我的前身，真的是一株橡树？适才"破土发芽，舒叶展枝"的幻觉，不过是既往经历的再现？也许在上帝的设计里，我们每个人都是一株树，区别仅仅在于松柏、榆杨或桃李？（难怪从《圣经》《诗经》起，我们总喜欢拿树木比喻人）橡树可是德意志的国树啊，从前马克的硬币上，就印有它的青枝绿叶。我的祖辈与德国毫无干联，怎么会……嘿，想哪儿去了？上帝的事情还是交还给上帝，我们只管自己，管"人"这一辈的事。人是上帝园中的树也好，是思想家眼底的芦苇也罢，反正是植物，是植物就必须扎根大地，与大地同呼共吸，与自然息息相关。如果我们把蓝天、白云、绿地、碧波从生活中抹去，如果我们把诗意的劳作、栖居、思想及性灵从生命中放逐，那么，我们就势必不幸如荷尔德林所言："还乡者到达后，却尚未抵达故乡。"

故乡在我心上。故乡在诗意的旅途。老夫聊作少年狂，我退出林莽，拔脚沿它的边缘一溜小跑，放怀舒啸，尽情呼吸。前方，冷不丁出现一根倒木。怎么没人把它搬开？我想。是冷杉吧？我又想。我对冷杉并无知识，全凭瞬间的直觉。它横陈路边，叶片与球果早已脱光，只剩下覆满苔藓的躯干。喔，老人家亦已完成生长的使命，该是在月夜里为精为怪为魈为魅了。难为的是，它鞠躬尽瘁，死而不已，自腐朽的根部又抽发一茎新绿，亭亭玉立，神气活现。这便是宇宙的大法：新陈代谢，是自然界之所以生生不已，万古常新。

未远，路边又碰到一尊铜雕：一位赤膊挽弓的汉子，手搭凉篷，向前方眺望。在欧洲大地游逛，随处可见各式雕像，纪念那些在历史或传说留下影响的人物。以青铜和大理石的凝重与不朽，提升生命的境界。审视这尊铜雕的基座，早先刻下的文字漫漶不可辨认。是森林之神的化身吧？在画家布格罗的笔下，裸体的仙女就是围着这样一位壮汉舞蹈。抑或是谁家的先祖？听说，日耳曼民族从森林里走出来，整个历史才不过一千多年。想当初，他们决定搬出丛林之际，必定也像这般手搭凉篷朝前方凝望——彼时彼刻，他不仅在用自己的眼睛，而且在用他整个民族整个先祖的眼睛——我顺着雕像的视线骋目，前方是阡陌纵横、了无遮拦的平畴，每一粒土壤都在释放生长的磁力，每一条溪流都在流淌生命的欢乐，而含笑俯视这一切的，是夏日清晨八点钟的太阳。

终于来到森林的尽头，那里值山溪汇潴的一泓清池。池对岸的柳荫下，蹲着一位垂钓的老人。好雅兴！也只有在这隅凝静如太初的乡野，在这湾清澈而诱人的水域，才有这等诗化的守望。检点生平，我亦有过一次得意的垂钓，是在我居住的城市，在临湖的阳台，当时自命为旷达、潇洒，如今想来，要多矫情有多矫情，要多无奈有多无奈。啊，我多想停下来，陪这位钓者，静静地消磨一个上午，让泠泠的池水为我濯缨，为我洗尘……。然而，唉！我得回去了，昨晚已答应朋友——也是我的临时房东——午前去邻村看赛马，具体说，是看这位朋友赛马，他是马术运动健将，我理当捧场。正当我不无遗憾地准备掉头，老者完成了一次漂亮的狩猎，他把鱼从钓钩取下，放进水桶，然后，摘下浅蓝色的遮阳帽，和我打了一声响亮的招呼。四目相对的刹那，我蓦地愣住，觉着这位蓄着一副兜腮连鬓英雄胡须的老者十分面善，似乎在哪儿见过？在哪儿？他是谁？——"我们从未走向思，思走向我们。"脑子一嗡，海德格尔的高论无端在耳畔响起——喂，海德格尔先生，请你不要打岔，我在思，在思，不，我在想，在想……哪，哪，想起来了！想起来了！这位独钓一泓清波的老先生，怎么看都有点儿像马克思。

海明威的故居

　　我只是在网上看过海明威在巴黎的故居,不是一处,是好几幢。一九二一年至一九二八年,海明威侨居花都。初时,他只是一个野心勃勃而又穷困迷惘的"欧漂",他的栖身之所,不过是打一枪换一个地方的临时蜗居。之所以今日纷纷亮出故宅、旧居的牌子,无非是借他的大名招徕。

　　回首巴黎旧影,真正温暖了那些蜗居的,是海明威身后"一朵绣在保加利亚黑缎上的红玫瑰"。她叫哈德莉,是海明威的首任妻子。其美,自不待言;其多才多艺,善解人意,也是超一流的。哈德莉年长海明威八岁,集贤妻、爱姐、慈母的呵护于一身,扶助海明威完成从默默无闻到声名鹊起的蜕变。

　　海明威尔后换过很多女人,正式的和非正式的,有名分的和没有名分的,但再没有人能取替哈德莉的爱。

　　海明威临终前,借回忆巴黎时光的《流动的盛宴》一书,给哈德莉留言:"我多希望,在只爱她一人时死去。"

浪子回头？浪子已走到生活的尽头，再也回不了头。

我也只是在网上看过海明威在古巴的故居。那是一座叫维西亚的庄园，位于哈瓦那东南一隅。海明威一九四〇年斥巨资买下。此时，彼时，海明威功成名就，财大气粗。庄园占地四公顷，主楼、副楼之外，还有果园、菜园、牧场。美中不足的是，离城区稍远；风景尽可弥补，站在高处，大海一览无际。

海明威喜欢哈瓦那，这里有令他一见钟情、终身迷恋的斗牛士故乡西班牙的情调，这里有令他荷尔蒙狂喷的雪茄、朗姆酒、海鲜大餐和混血女郎，这里有供他连接过去、延伸未来的拳击、狩猎和海钓，更有赋予他第二生命的创作灵感。

庄园当然有女主人。一九四一年起，是第三任妻子、战地记者玛莎；一九四六年后，是第四任妻子、作家玛丽。

然而，哈德莉式的那种全方位的爱，以及从爱之骨髓里分泌出的那种沁人肺腑的温暖，再也没有了，没有了，它已随逝去的好光阴，永远留在了巴黎。

另外，据说，芝加哥、巴哈马，也有海明威的故居。我在网上没有搜到，但我相信它们不会是空穴来风。

芝加哥是海明威的出生地，那里有任何男人都无法躔接的父爱如山，有任何女人都无法超越的母爱似海。但是，千不该，万不该，他的父亲在灌输给他垂钓、打猎、收割的欢乐后，以及作为一个男子汉应备的坚强、挺拔、不屈不挠、勇往直前后，却在壮年，在来势汹汹的糖尿病前，选择了吞枪自杀；而母亲，居然应他的要求，把父亲用以告别人世的手枪，留给他珍藏——唉，正是这把手枪，若干年后，又悄悄策反了他钟爱的猎枪。

说到比米尼岛，海明威曾在它的海域钓过一条五百多磅的大鱼，那是使他肾上腺素蹿高再蹿高的记录。此外，海明威还在岛上整理过一本散文集，题名《生存还是死亡》。生存是他一条向前迈的腿，死亡是他一条向后拖的腿，海明威本人不知晓，但两条腿知晓，在他身上，生存和死亡一直暗中角力。

说来说去，芝加哥的岁月太遥远；比米尼岛的岁月恍如青烟，袅袅一缕，随风而逝；哈瓦那的岁月倒是流光溢彩，火热劲爆。可惜，鉴于美国、古巴之间的长期政治对峙——它像一堵高墙，阻住了游客纷来沓至的脚步，维西亚庄园还有待被更多游人的脚趾膜拜。

唯有，唯有眼前这处花木扶疏的院落，是海明威身后人气最旺、知名度最高的故居。它坐落于白头街九〇七号，白头街坐落于西礁岛，西礁岛坐落于美国大陆的最南端，与哈瓦那仅一湾之隔。

这是海明威的第二任妻子波琳置下的。它与西礁岛的最高建筑白色灯塔隔街相望，离美国前总统杜鲁门的行宫（小白宫）以及作为美国最南端标志的彩色陀螺状水泥柱，仅一箭之遥。

一九二七年，身为时尚杂志的编辑波琳，从闺密哈德莉手中，挖墙脚挖走了海明威。次年，她携新婚丈夫来到西礁岛。起先是赁房而居。一九三一年，波琳，确切地说，是波琳的大款叔叔，帮助购买了这处房产，包括两幢楼房和偌大的院子。

波琳借助家境的殷实和高尚的品味，从欧洲进口多种器材，对院子进行了焕然一新的改造。她的目的，就是尽量投其所好，拴住夫君的心。

谁知十年后的一九四一年，海明威还是被一个叫玛莎的女子，以同样挖墙脚的手法挖走。

如今，我和翊州徜徉在主楼。这是海明威一生行状的博物馆。他的家人、朋友、生平事迹、作品、荣耀，都以图片或实物的形式加以展示。前后四任妻子，也都一一到齐。都很妩媚而性感，又都各有各的幸与不幸。与天才做伴，注定了要尝遍酸甜苦辣。

对一个作家来说，核心部分在于书斋。海明威书斋的前身，是一处养马的两层偏屋，一层为马厩，二层为储藏室。波琳把一层改造为客舍，二层辟为书房。

书房不大，约三十来平方米。海明威的绝世武功，就在这小小的天地炼成。墙上挂着鹿头、海鱼标本，贴墙立着一排书架，室内散放着三把椅子、一张圆桌、一张茶几，桌上摆着一部打字机。我觉得它们都偏矮偏小，和海明威高大魁梧的身躯不成比例。尤其是，恕我冒昧，海明威一直强调的站着写作的习惯，在这儿找不到任何支撑的证据——因为，你想呀，站着写，那书桌的高度必须相当于讲台。

绕过书房，前方是波光粼粼的池塘。那儿本是花园的一角，海明威入住后，把它改为拳击场。一九三七年，海明威前往欧洲，像拜伦投身希腊战争那样，投身西班牙内战的前线。波琳为了讨丈夫的欢心，把拳击场改建为游泳池。这在当日，是西礁岛的独一份；如今，依然属于面积最大。翌年海明威回来，问波琳花了多少钱。波琳说是两万美金。海明威吓了一跳，因为当初整个院子的价格，才不过八千美金。这时，海明威苦笑着从兜中掏出一枚硬币，说："我身边只剩下这一枚硬币了，干脆把它也献给你！"波琳觉得这枚硬币肯定能博得来访的客人粲然一笑，遂把它用水泥粘在泳池旁边的地上。

我没有费心去寻找。海明威藏在那枚硬币里的难言之隐，也不值得我去寻找。波琳和海明威的爱情之苗，一露头就是歪长的，长成歪脖子树后再也正不过来。

花园的另一侧笑语盈盈，似有无数银铃在微风中摇曳，是访客？不，这儿的访客都是虔诚的朝圣者，他们只动眼、动耳、动脑、动笔，不会动嘴，除了偶尔的提问。近前，原来是七八位青年男女，忙碌在宽敞的草坪，抬桌的抬桌，挪椅的挪椅，搬啤酒箱的搬啤酒箱。看样子，是要搞一场大型派对。恰好遇见一位台湾来的老先生，他告诉我，这是在为一场跨国婚礼做准备。

婚礼？还是跨国？我一时转不过弯。老先生解释，这儿已成了婚庆场地，慕名而来的新人，遍布世界各地。

这真是冷幽默。那些怀着婚姻神圣的俊男靓女，从天南地北赶来这西礁岛，这美利坚大陆的天涯海角，借这儿的碧海、蓝天、椰林、细沙，来一场旅行结婚，倒也不失新人新事新潮的浪漫。只是，这眼前的花园么，我不知他们有没有想过，女主人可是波琳，她使出全身解数维系一桩抢来的婚姻，到头来还是鸡飞蛋打，竹篮打水一场空。至于男主人海明威，都用不着我来说，尽人皆知，更是一个混迹赌场、流连春楼、喜新厌旧、始乱终弃的浪荡鬼。让这两位大神端坐在主席上看热闹（这是必然的）——你愣是觉得幸福，那就好，谁都没得话说；至于我，总未免感到滑稽。

坐在泳池边一株大树下，想这铁质扶手的木椅应该是后来的，而这片铺满落叶的泥土是原封的，我如果使劲踩一下地，肯定会踩痛海明威的脚印。这也活该！初到西礁岛的日子，这家伙完全是吃软饭的。买下这座大院，他没花一个子儿。修这泳池，他也没垫一分钱。而他在事后掏出的一枚硬币，却成了风靡世界的谈资，成了主人炫奇、骋奇、鬻奇，客人好奇、猎奇、探奇的"奇点"。游客到这儿来，都会围着这枚硬币转，它成了天字第一号的文物。这理你到哪儿去讲。我听到它也在喊我，喊我的目光去抚摸，可我的脚懒得搭理，我自岿然不动。

仔细咂摸，海明威的一生并不完美：

生下来左眼就弱视，给他的射击、拳击、垂钓等嗜好蒙上一层阴翳；后来又被儿子不慎划伤，险乎失明。

高中毕业，旋即失学；初次上战场，身上中了二百多块弹片，虽然大多数取出来了，但他一辈子摆脱不了遍体鳞伤的梦魇。

初恋失败，自暴自弃，破罐子破摔，与一伙狎邪的男女鬼混，被母亲一怒之下逐出家门。

初次上场斗牛，被猛牛撞断两根肋骨；海上捕鱼，慌乱中导致手枪走火，击中自己本来就伤痕累累的大腿；在非洲打猎，连续遭遇两次飞机失事，跟着又陷入火灾，烧得面目全非。

狂妄，暴戾，偏激，褊狭。人对他好，他却在背地说人的坏话，并以此取乐；小说中的人物，动辄以朋友为原型，真名实姓，随意褒贬；仅仅因为意见相左，就宣布与朋友断交；路遇论敌，竟然恶向胆边生，大打出手。

他以钢铁般的意志自许，但在悲哀、忧愁袭来之际，却动不动就想自杀。

身后，又浮出双面间谍的疑云。

说到女人，自从结发妻子哈德莉帮他稳住生活的阵脚，仗着人长得帅，才华洋溢，又风流倜傥，放荡不羁，身边可是从来不缺。他把哈德莉的大度看成可欺，他对女人的忠告，竟然是："你对一个男人越好，你越是向他表示你的爱，他会越快地摆脱你。"

就是这个情迷意乱的家伙，晚年回忆，说："我爱她（哈德莉），我并不爱任何别的女人。"这是在忏悔，还是在写小说？不，他只不过是在历经情感的放荡饕餮之后，灵魂无所栖止，又回光返照地回到发妻曾经青春而诗意的怀抱。

次任妻子波琳决不是省油的灯，她工于心计，长袖善舞，为了巩固婚姻，处处都徇海明威的意。无奈爱巢的围墙再高，墨西哥湾的海流再急，也阻挡不住海明威的拈花惹草，见异思迁。

波琳病危时还惦着海明威，发电报让他前去见一面。海明威动身了吗，没有。痴心的波琳，到死也没弄明白海明威的字典里根本没有"爱情"，只有"逢场作戏"，只有"风流成性"。

第三任妻子玛莎是著名的战地记者，作风泼辣，敢作敢为。她爱海明威，爱的是他的天才。天才是要站远了看的，一旦失去距离，美感迅速褪色。玛莎觉得海明威的光环，已不足以掩盖他的放浪、粗暴、虚荣、多疑、邋遢。于是当机立断，主动选择拜拜。

这是海明威在恋爱场上唯一遭遇的绝情的反制。

第四任妻子玛丽是个本分的女子，她知道自己在海明威生活中的角色：一个仆从、杂役、保姆、管家。因此，纵然海明威的艳闻满天飞，甚至当着宾客的面对自己大加羞辱，她也忍气吞声，稳坐自己的钓鱼船。只要小船不翻，日子就按部就班地朝前过。是以，只有她和海明威的婚姻走到了终点。

海明威的朋友曾抱怨，说他是"一个健康的身体上长着一个不健康的脑袋"。

错了。海明威的一生，从来就谈不上健康，他从幼年的眼疾、青年的枪伤、壮年的飞机失事、脑震荡、多处骨折、大面积烧伤，到晚年的高血压、糖尿病、铁质代谢紊乱、抑郁症等等，是名副其实的病夫。

说一千，道一万，海明威尽管有这不足，那不足，但这是二十世纪上半叶，是战争与和平拔河的年代，是邪恶与正义竞长的年代，这当口最需要的，是对真理、文明的执着，是对英勇无畏、宁死不屈的实践与讴歌。海明威参加了两次世界大战，无论他的枪，还是他的笔，都体现了叱咤风云的时代精神。正是由于这一点，也只能是由于这一点，他才得以从崇高的人性与堕落的放荡搏斗中胜出，从芸芸作家中崭露头角，在美国文学史、乃至世界文学史上，占据着耀眼的一席。

他的名言："人不是因失败而生，你可以被毁灭，但是不能被打败。""每个人都不是一座孤岛，一个人必须是这世界上最坚固的岛屿，然后才能成为大陆的一部分。"温暖了"二战"后全世界人的心。

孰谓天才，这就是天才。

孰谓奇迹，这就是奇迹。

西礁岛是海明威的急速上升期，波琳的贡献有目共睹。两人分手后，她一直守着旧巢。"我本将心托明月，奈何明月照沟渠"，一九五一年，她在悒郁不乐中饮恨而逝。

尔后，海明威凭借《老人与海》，相继夺得以普利策和诺贝尔命名的两项文学大奖。

上天厚爱他，上天也惩罚他。这两项大奖，并没有激发他的生命力、创造力，反而由于光环的挤压，加速毁坏了他原本挥霍过度的健康。

一九六一年七月二日，海明威步其父亲的后尘，饮弹自尽——这是别一种"挥霍"，是他"硬汉精神"的最后一笔。

院子售给女商人迪克森太太，难得她看出，曾经生活在这里的海明威，永远不会退场。这里的角角落落都回荡着"海明威、海明威"，枝枝叶叶都喊喊喳喳着"海明威、海明威"。时光把人简化，海明威复杂而多变的情感，如今只剩下了"硬汉精神"，且已蔚为空气，与自然的呼吸融为一体，连阳光射到这儿，芬芳也明显多了一味。你想想，你要是待在这儿，能不为海明威的气场裹挟。迪克森太太就是受这气场感染，三年后，她果断搬去别处，把这儿改成海明威故居博物馆。

一九六八年，美国政府趁热打铁，锦上添花，宣布这儿为海明威的专属领地，学术名称叫"历史地标性建筑"。

第六辑

文天祥千秋祭

一

　　怦然令我心跳的，是他已活了七百六十岁。七个多世纪，一个不朽的生命，从南宋跨元、明、清、民国昂昂而来，并将踏着无穷的岁月凛凛而去。他生于公元一二三六年。当他生时，"直把杭州作汴州"的临安朝廷，已经危在旦夕，人们指望他能挽狂澜于既倒，扶大厦之将倾，然而，毕竟"独柱擎天力弗支"，终其一生，他没能，也无法延续赵宋王朝的社稷。他就在四十七岁那年化作啼鹃去了。当他死时，不，当他走向永生，九州百姓的精神疆域，陡地竖起了又一根立柱，虽共工也触不倒的擎天玉柱。

　　他是状元出身，笔力当然雄健，生平留下的煌煌笔墨，正不知有凡几。只是，真正配得上他七百六十岁生命的，则首推他在零丁洋上的浩歌。那是公元一二七九年，农历正月，他已兵败被俘，恰值英雄末路，在元军的押解下，云愁雾惨地颠簸在崖山海面。如墨的海浪呵，你倾翻了宋朝的龙廷，你噬碎了孤臣的赤心。此一去，"百年落落生涯尽，万里遥遥行役苦。""以身殉道不苟生，道在光明照千古。"无一丝一毫的张惶,在这生与死的关头,他坦然选择了与国家民族共存亡。但见,一腔忠烈,由胸中长啸而出,落纸,化作了黄钟大吕的绝响。这就是那首光射千古的七律《过零丁洋》:"辛苦遭逢起一经,干戈寥落四周星。山河破碎风抛絮,身世飘摇雨打萍。惶恐滩头说惶恐,零丁洋里叹零丁。人生自古谁无死?留取丹心照汗青!"

假如文天祥在这时候就死去,结局又会怎样?毫无疑问,他是可以永生的了。南宋遗民清楚这一点。所以,他的战友,庐陵人王炎午,才在他被押往北方的途中,张贴了数十份《生祭文丞相文》,疾呼:"大丞相可死矣!"敦促他舍身取义,保全大节。他自己又何尝不明白这一点。因此,一路上才又是服毒,又是绝食,自谓"惟可死,不可生"。然而,且慢——打量历史,我们只能作这般理解——日月还要从他的生命摄取更多的光华;社会还要从他的精神吸收更多的钙质;盘古氏留下的那柄板斧,需要新的磨刀石;长江和黄河,渴求更壮美的音符。一句话,他的使命还没有结束。于是,同年十月,他就在一种求死不得、欲逃又不能的状态下抵达元大都燕京。

二

在北地,考验他的人格的,是比杀头更严峻的诱降。诱降决无刀光剑影,却能戕灭一个人的灵魂。但见,各种身份的说客轮番登门,留梦炎,就是元人打出的第一张"王牌"。

留梦炎是谁?此公不是凡人。想当初,他和文天祥,曾同为南宋的状元宰相。然而,两人位同志不同,就是这个留大宰相,早在公元一二七五年的临安保卫战中,就伙同权奸陈宜中,暗里策划降元。为此，他极力干扰文天祥率军驰卫，而后又弃城、弃职逃跑。待到临安沦陷，他又拿家乡衢州作献礼，摇身变成元朝的廷臣。

留梦炎一见文天祥，就迫不及待地推销他的不倒翁哲学。他说，"信国公啊，今日大宋已灭，恭帝废，二帝崩，天下已尽归元朝，你一人苦苦坚持，又顶得了什么用呢？那草木，诚然还是赵家的草木，那日月，却已经是忽必烈大汗的日月了。"

天祥转过身去，只给他一个冷背。真的，你让葵藿如何与狗尾巴草对话？你让铁石如何与秽土论坚？留梦炎之流的后人对乃祖的投降哲学又有发挥，最形象，最直白的是"有奶便是娘"。岂知这种"奶"里缺乏钙质，他们的骨头永远不得发育。此辈精神侏儒，哪里识得文天祥的"千年沧海上，精卫是吾魂！"哪里配闻他的"人生自古谁无死？留取丹心照汗青！"

不识相的留梦炎仍然摇唇鼓舌，聒噪不已。天祥不禁怒火中烧，他霍然转身，戟指着留梦炎痛骂："你今天来，就是给我指这条出路的吗？你这个卖国卖祖卖身的奸贼！你，身为大宋重臣而卖宋，可是卖国？身为衢州百姓而卖衢州，可是卖祖？身为汉人而卖汉节，可是卖身？……"

"你、你、你——，老夫本是一番好意，你不听也罢，凭什么要血口喷人？"留梦炎饶是厚脸昧心，也搁不住文天祥这一番揭底剥皮，当下脸上红白乱窜，低头鼠窜而去。

九岁的赵显，堪称是元人手里那种不带引号的王牌。这位南宋的小恭帝，国隆的日子没有赶上，国破的日子似乎也不觉得太痛苦。同是亡国废帝，南唐后主李煜的依恋："春花秋月何时了，往事知多少！小楼昨夜又东风，故国不堪回首月明中。雕阑玉砌应犹在，只是朱颜改。问君能有几多愁，恰似一江春水向东流。"只怕他是既不识梦寻，也不懂悲怀。元人想到了杠杆原理，想着废物利用，比如，现在就让他以旧主子的身份，出面劝说文天祥归顺。古话说一物降一物，你文天祥不是最讲忠君吗！那么你看，这会儿是谁来了？

文天祥料到元人会有这一着，怕的也就是这一着。因此，思想上早作好了准备。他没等赵㬎走上会同馆的台阶，赶紧跨出门槛，来个先发制人。但见他抢前数步，挡住赵㬎，然后南向而跪，口呼"臣文天祥参见圣驾"，随即放声痛哭。小皇帝被这突如其来的哭声闹蒙了，傻乎乎地站在那里，说不出一句话。

天祥这一场大哭，本是策略，旨在让故恭帝无从开口。但他哭着哭着，想到今日幼主为人所制，竟不自知，而自己和千万忠臣义士浴血疆场，抵死搏战，还不就是为了保卫赵宋江山！一时心中涌上万般酸楚，不由动了真情，遂跪地不起，长哭不已，并且一迭声地泣呼："圣驾请回！"

赵㬎这边慌了手脚，越听哭声心里越发毛，早把元人教给的言语，忘了个一干二净。少顷，又搁不住文天祥的一再催促，便乐得说声"拜拜"，转身回头，辚辚绝尘而去。

劝降招安活动并没有就此止步。这就要谈到元世祖忽必烈——也就是那位一代天骄成吉思汗的孙子。平心而论，忽必烈也称得上是一代枭雄，他不仅识得弯弓射大雕，还尽懂得治理天下。且说眼前，他就深知接管汉室，光凭蒙人的力量，是不能畅达无阻的，须得借助汉人，实行"以汉治汉"才行。而在汉人中，最具号召力、影响力，因此也最能帮他巩固统治秩序的，当数文天祥无疑。所以，天祥愈是不屈，他就愈想招安。留梦炎、赵㬎两番碰壁，这一次，他就转派中书平章政事阿合马上阵。

胜利者多的是淫威。此时不耍威风，更待何时！阿合马在一干僚臣的簇拥下，趾高气扬地来到会同馆正厅，着人传文天祥。

一会儿，文天祥从容步出。他虽然衣单形瘦，眉宇举止仍不失大国之相的雍容。天祥站在厅内，以宋朝官礼向阿合马行一长揖，随后泰然入座。

阿合马眯缝着眼打量文天祥，恶声问："姓文的，知道是谁在跟你讲话吗？"

天祥微微一笑："听人说，来的是宰相。"

"既知我是宰相，为什么不下跪？！"

天祥扬一扬眉："我是南朝宰相，南朝宰相见北朝宰相，彼此彼此，哪有下跪之理？"

"嘿嘿！你既是南朝宰相，又怎么到这儿来的呀！？"阿合马抖抖朝服，晃晃珠冠，戏谑地发出一阵嚎笑。

天祥面如闲云，待阿合马笑够了，笑不下去了，才盯住他的眼：

"老实告诉你，南朝要是早用我为宰相，你们一定打不到南方去，我们也不会落到这个地步！"

阿合马先是被天祥盯出一阵寒战，接着又被他的回答激得恼羞成怒，无奈辞拙，找不出话来反驳。试想，大草原的马背上摔打出来的将军，总共才读过几行书，论说理，哪里是江南士子的对手。何况他今天面临的又是彻底陌生的语言和行为系统！阿合马没了辙，只好抛出杀手锏：

"老子不跟你斗嘴皮。你要晓得，你的性命，可是捏在老子的掌心！"

这又显出了阿合马的浅陋。像文天祥这样的一代奇男，是杀头所能吓趴的吗？！岂不知"高人名若浼，烈士死如归！"文天祥固然无法预见，七百年后有个叫毛泽东的，把太史公司马迁"人固有一死，或重于泰山，或轻于鸿毛"的箴言，定音为人品人格的最高层次。不过，他在缧绁之中，倒是常拿了这几句诗勉励自己："千年成败俱尘土，消得人间说丈夫。""一死鸿毛或泰山，之轻之重安所处！"

天祥听罢阿合马的恫吓，果然昂首挺胸，一脸不屑："要杀便杀，说什么捏在你的掌心不掌心！"

消息反馈给忽必烈。这位元朝的开山始祖，眼见诱导不成，威逼也无效，但他仍不死心。这就见出了他的目力，一代政治家的战略巨眼。同时也折射出一个饶有深意的现象：在人类的发展史上，在权力的高地，往往是那些敌对派别的首领，也就是对峙的双峰，才更为了解，更为识得对方的价值。

忽必烈心生一计，下令将文天祥铐上长枷，送入兵马司囚禁。为了耗蚀文天祥的锐气，消磨他的精神，还规定不准带一仆一役，日常做饭、烧茶、洗衣，乃至打扫园林，都要他自己动手。

一月后，他们估计文天祥肯定经受不了这番折辱，想必已经回心转意，于是让丞相孛罗亲自出马，伺机渡文天祥投诚。

历史记载这一日天寒地冻，漫空飞雪。文天祥随狱卒来到枢密院，他看到孛罗之外，还有平章张弘范，另有院判、签院多人。天祥往厅堂中央一站，草草行了个长揖。通事（翻译）喝道：

"跪下！"

天祥略一摆手："你们北人讲究下跪，我们南人讲究作揖。我是南人，自然只行南礼。"

孛罗听通事译完，气得乱髭倒竖。他吸取了阿合马的教训，决定先来个下马威。于是喝令将文天祥强行按跪。几名侍卫一拥而上，又拖又拽又按又压，强迫文天祥屈膝。奈何强按不是真跪，天祥仍奋力抬起头，双目射出凛凛的威光。

孛罗冷笑："文天祥，你现在还有什么话要说的呀？"

"天下事有兴有废，自古帝王将相，因国破而遭杀身之祸的，哪一代没有？"天祥亢声说，"我今日忠于大宋王朝，沦为阶下囚，只求速死。"

孛罗追问："就这些，再没别的了吗？"

天祥正色："我是宋朝宰相，国破，论职务唯有一死，战败被俘，按法律也唯有一死，还有什么其他可讲的！"

"你说天下事有兴有废，我问你，从盘古到咱今天，一共有过多少帝王呀？"孛罗摇晃着脑瓜，摆出一副蛮有学问的样子。

"莫名其妙！"天祥露出无限蔑视，"一部煌煌十七史，你让我从哪里说起呀？我今天又不是来赴博学宏词科，哪有工夫陪你闲扯！"

孛罗这才想到有点文不对题。但他是丞相，且负有劝降重任，所以不得不强自镇定。随后又挖空心思，多方诘难，企图从根本上摧毁文天祥的自尊，以便乘隙诱归。也真是，整个江山都已姓元不姓宋了，你一个文天祥，还倔强个什么？这当口，只要文天祥的膝盖稍微那么一弯，立马就可以获得高官厚禄。奈何，奈何他的膝盖天生就不会向敌人弯曲。"亦知戛戛楚囚难，无奈天生一寸丹！""忠肝义胆不可状，要与人间留好样！"文天祥打定主意就是誓死不降。孛罗忍受不了这种刺激，终于又归于了阿合马一路。他站起身，一掌扫落案上的杯盏，歇斯底里地狂吼：

"文天祥！你一味想死，我偏就不叫你死！我要囚禁你，让你求死不能，求生不得！"

天祥哈哈一笑，从留梦炎到赵显到阿合马到孛罗，已足以让他看出元朝统治者的黔驴技穷。他仰得一仰头，运气丹田，声震屋瓦：

"文某取义而死，死且不惧，你囚禁又能把我怎样？"

三

漫长的囚禁生涯开始了。

站在文明文化的角度看，这是人类的一场灾难。一个死去七百年犹然光芒四射的人物，一个再过七百年将依然如钻石般璀璨的人物，当年，他生命的巅峰状态，却是被狭小的土牢所扼杀，窒息。且慢，正是站在文明文化的角度看，这又是人类的一大骄傲。迄南宋以来，不，迄有史以来，东方爱国主义圣坛上一副最具典型价值的人格，恰恰是在元大都兵马司的炼狱里丰盈，完满。

说到文天祥的崇高人格，我们不能不想到他那些撼天地、慑鬼神的诗篇。请允许我在此将笔稍微拐一下。纵观世界文学史，最为悲壮、高亢的诗文，往往是在人生最激烈、惨痛的旋涡里分娩。因为写它的不是笔，是生命的孤注一掷。这方面，中国的例子读者都很熟悉，就不举了。国外太大，姑且画一个小圈子，限定在文天祥同一时代。我想到意大利的世界级诗人但丁，他那在欧洲文学史上具有划时代意义的《神曲》，便是在流亡生活最苦难的阶段孕育。圈子还可以再画小，比如威尼斯旅行家，仅仅早文天祥四年到达燕京的马可·波罗，日后也是在热那亚的监狱里，口述他那部蜚声世界的游记。本文前面提到的太史公司马迁和南唐后主李煜，亦无例外，他二人分别是在刑余和亡国之后，才写下可歌可泣的力作。观照文天祥，情形也是如此。在他传世的诗文中，最为撼人心魄的，我认为有两篇。其一，就是前文提到的《过零丁洋》；其二，则是在囚禁中写下的《正气歌》。

你想知道《正气歌》的创作过程吗？应该说，文天祥早就在酝酿、构思了。滂沛在歌中的，是他自幼信奉的民族大义；呼啸在歌中的，是他九死一生的文谏武战；最后，催生这支歌的，则是他的宁死不屈的坚贞，以及在土牢里遭受的种种恶浊之气的挑战。何为恶浊之气？关押文天祥的牢房，是一处狭窄，阴暗的土室，每当夏秋，外有烈日蒸晒，暴雨浸淫，内有炉火炙烤，加之朽木、霉米、腐土、垃圾，联合进攻，空气是坏得不能再坏的了。这时候的文天祥，愈加显出了他一腔凛然沛然浩然的正气，在常人难以忍受的恶劣环境里，照旧坐歌起吟，从容不迫。他把这些恶浊之气，总结为"水、土、白、火、米、人、秽"七种，并向天地宣称："彼气有七，吾气有一，以一乱七，吾何患焉！"——这就激发了他一生中最为高昂的《正气歌》。

让我们把镜头摇到公元一二八一年夏末的一个晚上。那天，牢房里苦热难耐，天祥无法入睡，他翻身坐起，点起案上的油灯，信手抽出几篇诗稿吟哦。渐渐地，他忘记了酷热，忘记了弥漫在周围的恶气浊气，仿佛又回到了"夜夜梦伊吕"的少年时代，又成了青年及第、雄心万丈的状元郎，又在上书直谏、痛斥奸佞，倡言改革，又在洒血攘袂，出生入死，慷慨悲歌……这时，天空中亮起了金鞭形的闪电，随后又传来了隐隐的雷声，天祥的心旌突然分外摇动起来。他一跃而起，摊开纸墨，提起笔，悬腕直书：

天地有正气，杂然赋流形。
下则为河岳，上则为日星。
于人曰浩然，沛乎塞苍冥。
皇路当清夷，含和吐明庭。

文天祥驻笔片刻，凝神思索。他想到自幼熟读的前朝英烈：春秋的齐太史、晋董狐，战国的张良，汉代的苏武，三国的严颜、管宁、诸葛亮，晋代的嵇绍、祖逖，唐代的张巡、颜杲卿、段秀实，他觉得天地间的正气正是充塞、洋溢在这十二位先贤的身上，并由他们的行为而光照日月。历史千百次地昭示，千百次啊：一旦两种健康、健全的人格走碰头，就好比两股涌浪，在大洋上相激，又好比两颗基本粒子，在高能状态下相撞，谁又能精确估出它所蕴藏的能量！又一道闪电在空中划过，瞬间将土牢照得如同白昼，文天祥秉笔书下：

时穷节乃见，一一垂丹青。

在齐太史简，在晋董狐笔，

在秦张良椎，在汉苏武节……

一串霹雳在天空炸响，风吹得灯光不住摇曳，文天祥的身影被投射到墙壁上，幻化成各种高大的形状，他继续俯身狂书：

是气所磅礴，凛烈万古存；

当其贯日月，生死安足论。

地维赖以立，天柱赖以尊；

三纲实系命，道义为之根……

室外，突至的雨点开始鞭抽大地。室内，天祥前额也可见汗淋如雨。然而，他顾不得擦拭，只是一个劲地笔走龙蛇。强风吹开了牢门，散乱了他的头发，鼓荡起他的衣衫，将案上的诗稿吹得满屋飘飞，他兀自目运神光，浑然不觉。天地间的正气、先贤们的正气仿佛已经流转灌注到了他的四肢百骸、关关节节！

啊啊，古今的无穷雄文宝典，在这儿都要黯然失色。这不是寻常诗文，这是中华民族的慷慨呼啸。民族精魂在历史发展的紧要关头，常常要推出一些人来为社会立言。有时它是借屈原之口朗吟"哀民生之多艰"，有时它是借霍去病之口朗吟"匈奴未灭，何以家为！"这一次，便是借文天祥之口朗吟《正气歌》。歌之临空，则化为虹霓；歌之坠地，则凝作金石。五岳千山因了这支歌，而更增其高；北斗七星因了这支歌，而益显其明；前朝仁人因了这支歌，而大放光彩；后代志士因了这支歌，而脊梁愈挺。至此，文天祥是可以"求仁得仁"、从容捐躯的了，他已完成在尘世的使命，即将跨入辉煌的天国。

哲人日已远，典型在夙昔。

风檐展书读，古道照颜色。

　　写完最后四句，文天祥掷笔长啸。室外，滂沱大雨裂天而下，夹杂着摧枯拉朽的电闪雷鸣，天空大地似乎将要崩裂交合了。天祥凝立不动，身形俨如一尊山岳！

张謇是一方风水

一

　　阳光从头顶白花花、明晃晃地喷洒下来，仿佛蓝天无穷无尽的诉说。它泼泻在田野，溅落在房屋，激射在河流。它淋浴着、抚慰着大地全部敏感的神经。有一刹那，它刺痛了我的睫毛，连同睫毛森严拱卫下的瞳孔。因为你不得不仰起头，眯了眼，打量矗立于大道中央的这位状元——张謇的铜塑。紫褐色的身姿挺拔在两米多高的大理石座，那起点就攒足了气势。太阳的光芒聚焦在他的圆颅、方肩，飞弹出一派银色的光辉。张謇一手拄了文明棍，一手插在大氅的口袋，气定神闲，蔼然远视——如果乡人不说，我会当他是孙中山，或是陈嘉庚，反正他们生活的背景相近，衣着神态也八九差不离。凝视着眼前巍然昂然的景观我忽然证悟：人性惯于狎小媚大。即拿张謇的这副造型来说吧，倘若高不及尺，恐只宜置于案头清赏；即使高与人齐，搁在蓝天大野，也是寻常又寻常，甚至有点儿显得滑稽；而一旦耸出人本身一头，立时便令凡夫俗子肃然起敬；如果再往高里耸出若干又若干呢，世人就会高山仰止，低徊流连而不忍遽去。

我在张謇的铜塑前沉思了个把时辰，想要离开挪不了步——你无法从他的目光中逃遁。这是因为，他唤醒了我关于"根"的一连串记忆，以及帮我重新扫描知识阶层在新一轮世纪之交的多元光谱。

二

张謇是光绪二十年（一八九四年）的状元。我们多半记不住这具体年份，但却不会忘记"甲午海战"。也就在这一年，老大的中国和小小的日本打了一场恶仗，打得国人的脑子既空虚又清醒。乃至时过一个世纪，痛定思痛的人们，也包括我，还实地去丹东大鹿岛一带凭吊。张謇大魁天下不久，就遇上了"唤起中国四千年之大梦"的甲午血战，他的脑袋，也应该是既空虚又清醒。

自隋唐开办科举考试以来，中华大地总共出了多少状元？文武加在一起，也就七百多吧。人间一个状元，就是天上一颗星哩。按照科举游戏的规则，当一位士子荣登榜首，独占鳌头，他的命运就发生了质变。虽然每一块皮肤，每一根毛发，每一节骨骼，都是原封未动，但当皇帝的朱笔在他试卷上轻轻一点，世人的眼球就全都变了颜色，状元周身上下，望上去就有了一道又一道的紫气缭绕。

张謇的名字马上就要挤入文曲星的行列了。这一天，确切地说，是一八九四年五月二十八日。五更时分，张謇和殿试的士子一起，恭候在乾清门外，等待最后的揭榜。这是一个感觉分分秒秒比一年四季还长的时刻。这是一种期待大地激烈簸动万丈云梯凌空出世的体验。嗵嗵跳的，是悬着的心。汩汩响的，是奔流的血。而终于天光迸现天门大开，随着丹墀上传来宣"一甲一名张謇上殿！"的纶音，这位来自江北通州的幸运儿，激动得连打了几个寒战，接着又绊了一个跟跄。人们到此才会明白，范进中举后为什么会发疯，巨大的喜悦，像山洪一般冲垮了他心灵的堤坝，使他彻底失去了承受力。所幸张謇还不至于如此，他迅速定下心神，调整好脚步，低着头，躬着腰，上殿接受光绪皇帝的陛见。

　　好了！好了！活了四十一岁，苦读了三十多个寒暑，足下终于踏了青云，腋下终于生了双翅。离天为近，离帝为近，去偃蹇困顿日远，与飞黄腾达斯守。张謇啊你就等着好好儿侍候皇上他陛下，好好儿升官发财吧。这一天实在来之不易。这一地步绝对要万分珍惜。就好像披星戴月、胼手胝足、精疲力竭地爬上华山峰巅，回望来路，禁不住眼花欲坠，小腿直打哆嗦。全国有多少怀笔如刀的士子啊，而机会只有一线！天下有多少龙骧虎视的对手啊，而状元只有一人！"学成文武艺，货于帝王家"。此事说来容易，做起来难啊，难上难！一将成功万骨枯，一士成功也是万骨朽啊！……不谈了，不谈了，大喜头上，大捷头上，讲这些干啥？张謇啊你是福大命大！你是十世所修，祖坟冒烟！

　　但张謇本人却不这么想。他的脑袋瓜一定在哪儿出了毛病，光绪皇帝亲赐的"翰林院修撰"——从状元阶梯上能捕捉到的最高职位——拢共才对付了三个来月，屁股还没把椅子焐热，拍拍身子就想走人。说什么"謇天与野性，本无宦情"？说什么"愿成一分一毫有用之事，不愿居八命九命可耻之官"？都是哪码对哪码呀！不想当官你还拼命考它干啥？哦，莫不是验证了一种既得心理：世人面对欲望中的高峰，未攀之前，常常是心向往之，寤寐求之，及至登高凌绝，一切都踩在脚底下了，待最初的惊喜消退，便会觉得实际的乐趣也不过尔尔？或者是刚刚在宦海扬帆，就遇到了黑风恶浪，如不及时转舵，难免有灭顶之灾？或者……？

　　都不是，都不是。张謇一百八十度的大转向，比这些猜测统统要更深一层，更进一层。这是一个噪动于主体意识迅速觉醒中的时代精英，我相信他一定是听到了天籁，听到了历史车轮越来越快、越来越快的铿锵撞击声。那响遏行云的长啸，常令他一夕数惊。那钢与铁的交奏，总叫他坐卧不安。有朝一日，人类如果发明一种望远镜，不，望时镜，能像探测星空一样，一截一截地深入逝去的时间，那么，我们就会准确无误地把它定格在一八九四年夏秋之交的某日某时，地点为京城南通会馆，于是，我们就会像闲常观看录像，看张謇张翰林如何皱眉蹙额，绕着狭小的天井徘徊，一会儿走到一株老态龙钟、筋骨毕露的国槐前，拿拳狠命擂它的干，用双手使劲撼它的根，一会儿又仰起脸，透过枯黄稀疏的叶片，怅望灰蒙蒙、虚幻幻的苍天……

三

张謇很快就溜回了南通老家——多亏这一溜，否则，我眼前这个南来北往、东行西去的交叉道口，不会耸起他的铜塑；而我，此刻亦不会在他的光与影内徘徊——为什么说溜呢？因为，他要是直接辞官，皇上肯定不准，上司也不能接受。这时，恰逢老父病危，他便以探亲为名，急急离开京城。到家后，才知道老父已经过世。按惯例，他又请了三年长假，一边守着丁忧，一边干自己真正想干的事。

三年期满，张謇又找理由续假。续假期满，不得已返回京城。正式复职后的第二天，他又请假。这是一八九八年的盛夏，"维新派"闹得轰轰烈烈而又危机四伏的当口。作为上一个世纪之末的血性文人，他为康梁们的变法，欢欣过，奔走过，但很快就归于失望。真的，与其向顽石中苦苦寻觅微弱的生命，不如把目光投向外部生动的世界。

张謇南归，用今天的话说，就是下海。冲出京城浮荣虚誉的包围，立刻就感到外面的世界广阔而精彩——飞船脱离地心引力的刹那难免失重，赢得的却是令上帝也额手称庆的进步。那么，张謇下海后究竟都折腾了一些什么呢？在老家南通和海门，他建成了包括农、工、商、运输、银行，兼及教育的宏大体系。其中，轰动当时而又泽被后世的，大体有三个方面：创立大生纱厂；组建垦牧公司；兴办师范学校和中小学堂。创办纱厂旨在振兴民族实业，组建垦牧公司既是为了开辟纱厂的原料基地，也是为了解决濒海地区无地农民的生计，兴教办学则是为了从根本上培养富国强民的人才。归总一句话，就是要"实业救国""教育救国"。张謇坦言：以上作为，"不敢惊天动地，但求经天纬地"；不敢指望它立竿见影，疗救古国千年沉疴，但求"播种九幽之下，策效百岁之遥"。

　　与他同时代的人相比，张謇确实有思想。思想不是祭台上的供果，不是星级饭店大厅里的盆景，不是长街通衢抛着媚眼的霓虹，思想是青梅煮酒纵论英雄之际冷不丁自天外炸响的一声惊雷，是深埋千年，一经掘出依然寒光闪闪、吹毛可断的宝剑，是茫茫太空无影无形、无踪无迹而又无远弗届、无处不在的电波。最深刻的思想总带有最彻底的爆炸性、进攻性、扩散性。张謇拿他的思想在通州乃至苏北大地搅出了一派新局面，在历代文曲星的方阵间别树起一面光帜。他或许还不完善。他肯定还不完善。既然有资料说，本世纪初叶人们的宇宙观，比今天要小一百万倍，那么，我们就应该体认张謇的局限。他的思想，毕竟还带有它脱胎出来的母体的污血。但它红光灼灼，高悬天际。他让从唐太宗起就精心策划的，让天下读书人尽入彀中的"金钟罩"，有了明显的豁口。他让一个僵化了的状元躯壳，有了异质的活泼泼的生命。文学史中有一种人物，生平、著述皆湮没无闻，仅仅留下了一首诗，或一句诗，便尽情享受不朽。张謇留下的是他叛逆的个性，和个性化了的实业，百载后依然砥砺社会，雕镂人心。

状元的诗文也相当出色。这里仅举其一篇《季直论雅》，是他在上海卖字，为人题写在三把折扇上的。首把扇写的是："财风送雅气，爽身也。身有纨绮，雅在衣；居有华堂，雅在室；出有车马，雅在途。此为外雅，而非真雅也。季直论雅之一。"次把扇写的是："才气送雅风，静思也。口出诗文，此谓口雅；心有经纶，此谓心雅；手有技艺，此谓手雅。口心手雅，是谓内雅，乃为真雅也。季直论雅之二。"第三把扇写的是："气动为风，无风而雅，神至也。夫子闻韶，三月不知肉味，神与韶相随，此为神雅也。雅有三境，此境最高。季直论雅之三。"虽说是逢场作戏，率尔为之，毕竟含蕴着他的锦绣文采和坚挺人格。人格的光辉往往显露于细节。张謇为解决纱厂的周转资金，跑到上海告贷，结果，不但钱没借到，连回南通的路费也没了着落。此时此地，他能放下架子，公开设摊卖字。这是什么？形雅也。张謇办实业多年，日常大进大出，经手的款项成千累万，自己却坚持不在厂里开支一分一厘。这是什么？内雅也。张謇逝世七十多年了，他的操守还在为后学谈论，他的形象还在供世人敬仰。这是什么？魂雅也。不要小看了这三雅，百年后的中国文人，包括官员，也包括商人，终久又有几个能赶得他上？其生也，磊磊落落，直往直来；其逝也，清风朗月，润及千秋。大雅之质，美矣茂矣。

四

吾生也晚，张謇等不及我眼底的流云，我也抓不着他飘然远去的衣袂。然而，毕竟有缘，还在依偎在大人膝下，听解学士、唐伯虎一类故事的稚年，我就熟晓南通张状元了。把张謇引入我的视野的，是我那位乡村知识分子的祖父。

这里，有必要交代一下我祖上的籍贯。按我手头保存的一份宗谱，我的远祖，原本生活在江南苏州。明朝初年，遭逢洪武帝的"阊门赶散"（十五世纪的"上山下乡"），迁徙到盐城南乡。而后就在当地繁衍生息。明清两朝，族内出过不少读书人。最显达的，是进士。到我曾祖的前几辈，又移居到阜宁东沟、陈良。书香虽然未断，进学出仕的却无。曾祖本人，据说是"乡董"，家道还算殷实，倘若按照五十年代的阶级成分划线，应该圈为地主。不幸的是（对我们后世子孙，也许是万幸），大约在二十年代中期，曾祖家里挨了土匪一次"扒"（即抢劫），不久，又遭了一把大火，这就穷下来了。

接下来谈我的祖父。他老人家生于一八八七年，在兄弟姐妹中排行老大。早年读书，青壮务农。起先家境宽裕的时候，日子就这般熙熙和和、从容不迫地流去。生计转为窘迫，那感觉就不一样了。作为长子，他自然要肩起重振家业的重担。理想是一种能量，贫穷也是一种能量，并且是比理想更为急迫的能量。苏北地区的人，尤其是盐城、阜宁、淮安一带的人，从前为贫穷的鞭子抽赶，一个最大胆的腾挪，就是远跑上海——就像现今的川人、湘人远跑广州、深圳——跑去上海后干什么？多半是在码头充任杠棒苦力。我父我母，也曾被卷进南下的民工潮，在"十里洋场"谋生。然而，我的祖父，却掉头向东，闯荡正在垦荒中的"东海"（阜宁人把濒临黄海的滩涂地区叫作东海）。与其去繁华中淘金，不如去荒凉中掘金。青年时代的祖父，也作了一次大气磅礴的抉择。

那时，地图上还没有我现在的故乡射阳——射阳县是一九四二年才从盐城、阜宁两县析置的——早先这里基本上是荒滩一片。大海年年向东边退让，滩涂年年跟着推进。南北一望无垠，东西纵深百里。盐碱遍地，芦苇称王。野兽出没，杂草疯长。我祖父来了，是因张謇的召唤而来的。他从没见过这位状元，但见到了状元的实绩。由于张謇领导下的盐垦公司的运作，大批大批世居长江北岸的海门人，被集体招募到这片百年荒滩。他们按面积划分场区，按场区分配住户，大规模地种植棉花。这情景有点像五十年代遍布全国的农场，又仿佛我八十年代初在新疆见到的建设兵团。

于是又有他乡异地人持续不断的加盟。于是南北两股生命的热流就在这片处女地上激起了缤纷的浪花。我生于斯长于斯的县城合德，在我祖父刚刚迁来的时候，才有寥寥可数的几户人家，到了五、六十年代，就异军突起，在盐阜地区赢得了"小上海"的美名，可见她的繁荣发达之速。而射阳县呢，八十年代以来，屡屡亮相在国内各大报刊的新闻版面，不光是因为她拥有天然妙绝的丹顶鹤饲养基地，也不光是因为射阳河上新开张的龙舟闹猛，而是由于她的棉花产量，多次雄踞全国榜首——这也是一种状元，并且不折不扣是张謇张状元的遗泽。张謇没能看到这一天，但预料到了。他曾满怀希翼地自期："天之生人也，与草木无异。若遗留一二有用事业，与草木同生，即不与草木同腐……"张謇是一簇春苗。张謇是一蓬火焰。张謇是一方风水。他的精神，注定是要在我家乡生根发芽、蔚为壮观的了。不用去南通访他的实验遗迹，在这五百里外的海陬一样看得分明。张謇生前并没有到过射阳，但他参与创造了射阳的历史。

真正造福人类的事业应是比生命更长，它的辉煌不是毕露在创始者的生前，而是隐藏在他的身后。他只能依稀把握到它的开端，并且竭尽全力地做去。——难能可贵啊，张謇，你这从翰林院出逃的叛逆！站在长江口观沧海，是胆怯，还是激动？这就好比站在外星球上看地球，是依恋，还是欢呼？也许两者都有，但激动，欢呼，却为永恒。

煌煌上庠

一

这就是蔡元培（孑民）的塑像，坐落在未名湖南岸的春风中；大理石奠基，汉白玉砌座，青铜铸身；说是身，只是自腰而上，端肃凝重的一尊胸像；先生背倚土山，坐北朝南；左临六角钟亭，当初选址的时候，应是考虑到了他黄钟大吕般的人格气韵；前面是一方草坪，柔柔的，嫩嫩的，空气般清新，晨梦般飘逸，铺出一行行的绿诗、绿歌、青波、青浪，即使在冬季；右侧是挺拔健美蓬勃向上的杂木林，那该是风华正茂的莘莘学子，在承领先生的耳提面命。记不清已有多少次了，从去年金秋开始，为了明年北大百年校庆这个挥之不去却之复来的情意结，我打老远老远的城里跑来，一个小时又一个小时地，在这方净土穿梭寻觅，缅怀俯仰。偶尔停下脚步来瞻仰塑像，先生之于我，是永远不变的温柔敦厚，慈祥恺悌；诚如罗家伦的赞语："汪汪若万顷之波，一片清光，远接天际……"

今天情形略微有异，也许因为今天是"五四"，恰值北京大学九十九周年校庆，它使我想起了先生当年眼底的烟云，所以，不管如何变了角度端详，总觉得先生的目光微含忧郁，抑或是期待；淡淡的，淡淡的，像是壮士闻鸡，又像是英雄凭栏……

想想也是，蔡元培诞生于一八六八年一月十一日，按农历，属兔，到他一九一六年十二月二十六日被任命为北京大学校长，满打满算正好五十岁，站在五十岁的高度上倚风长啸，苍茫四顾，自他的双眸中射出的，是一股凛凛的心灵之光，它犀利似剑，泠然有声，凝聚了无穷的历史感悟。先觉者总是超前的，超前者总是孤独的，孤独者总是忧郁的，在忧郁中抉择，在期待中觅路前行，这是古往今来一切大智者生命的基本造型。

二

蔡元培投身教育，始于他三十二岁，也就是一八九八年。在那之前，他是十七岁的秀才，二十三岁的举人，二十六岁的翰林，仕途可谓一帆风顺。中国文人历来最看重官运，他们生命的冲动大都是围绕着一官半职转，转上去就意味着飞黄腾达，转不上去就只有落魄潦倒；即使落魄潦倒如《儒林外史》中的老童生周进，一丝痴念，也仍旧围着考场呼悠悠地打转。"去到考场放个屁，也替祖宗争口气。"流传在陈独秀家乡安庆一带的这句俗谚，勾勒了一代又一代读书人悲哀的然而又是无可逾越的价值取向。但是，在一八九八年，中国出了一件大事：戊戌变法，百日维新。变法维新是以知识分子富国强民的善良愿望为基础的，结果，却以顽固派复辟、六君子喋血、康梁狼狈远逃告终。"徒将金戈挽落晖"；变法的失败像一声警钟，敲碎了许多士人的迷梦，也使蔡元培猛然惊醒。就在这一年的秋冬之交，他突然解缆南去，头也不回地驶出了宦海——先是就职绍兴中西学堂，继而改教上海南洋公学；从此天涯轻舟，愈驶愈远。

一九一六年底，蔡元培旅欧归来，飘然出任北京大学的校长。众所周知，辛亥革命后，蔡元培担任过南北两京政府的教育总长，因此，比较起他的前任内阁大员的身份，北大校长自然算不上一个显赫的位置。何况，这所结胎于戊戌维新的大学堂，在清政府和北洋军阀的摧残下，已是一片乌烟瘴气，北大校长的座椅，也就成了一块烧红的烙铁，谁坐了都要烫得跳。举例说，一九一二、一九一三两年，校长就走马灯似的换了五个，依次是：严复、章士钊、马良、何燏时、胡仁源；其中，章士钊根本就没有到位。现在，蔡元培来了。蔡元培对这个新职位显然情有独钟，尽管同党中有很多人反对，包括汪精卫、吴稚晖、马君武，他还是决意就任。蔡元培的抉择得到了孙中山的支持，孙中山理解蔡元培，我们说，有这一票，就足够了。追究蔡元培的生命曲线，他多年来外搜内求、梦寐以寻的，其实也正是像北京大学这样一个舞台。人是离不开舞台的，和他先后挂冠南下的张謇、张元济，如果不是分别抓住实业和出版业，又岂能在民国的地平线上再树起一道瑰丽的风景！蔡元培瞩望于北京大学，就像阿基米德眼中那个能撬动地球的支点，它的价值，不在于多么抢眼，也不在于多么崇闳，而在于顺天承势，得心应手，把一己的才情抱负，淋漓尽致地发挥到最大限度。

三

蔡元培是带着"思想自由，兼容并包"的八字方针进入北大的。

不要小看了这八个字的分量，它上承着诸子百家纵横捭阖的春秋战国，外映着欧洲大陆飙发电举的文艺复兴，下启了四十年后的"百花齐放，百家争鸣"。这后一点是我的姑妄之论。我总觉得，毛泽东在一九五六年提出的上述口号，多少有蔡元培振兴北大的影子；考虑到毛泽东一九一八年十月到一九一九年三月，曾在北大图书馆工作，对当日龙腾虎踔、万马奔驰的景观有过直接的感受，这猜测至少也有一点历史的依据吧。言归正传，前面说到，北大在清政府和北洋军阀的摧残下，已成了旧思想旧文化的营垒。蔡元培如今要来拨乱反正，"思想自由"也好，"兼容并包"也罢，当务之急，就是要物色一位新学的领军人物，给北大一阵狂飙，给文化一道闪电，给社会一个震撼。环顾天下，谁能当此大任呢？

蔡元培把目光投向正在上海编辑《新青年》杂志的陈独秀。

陈独秀，安徽安庆人。生于一八七九年十月九日，小蔡元培整整十二岁，也属兔。若以年龄划分，他是蔡元培的晚辈，若以功名计算，他在科举的台阶上只走到秀才这一级，比蔡元培要低得多，但在民主革命的资历上，却堪与蔡元培媲美。陈独秀在二十刚出头的浪当年纪，就以《国民日日报》《安徽俗话报》为阵地，宣传反帝爱国，启迪民智；三十出头，便出任民国政府安徽都督府秘书长；一九一五年九月，他在上海创办《新青年》，高举科学与民主的大旗，为新文化运动的兴起擂鼓助威。二十世纪早期，陈独秀的大名是带有电闪雷鸣的，那个时期青年人对他的崇拜，远远胜过近来的追逐港台歌星，因为，那不仅仅是一种青春的骚动，更是一种灵魂的苏醒，人性的张扬，生命的呐喊。

云从龙，风从虎，历史上一些重要人物的遇合，常常给人适逢其时的美感。蔡元培这里正要找陈独秀，陈独秀那边厢已在北京等候了。一九一六年十二月二十二日，蔡元培从上海进京，二十六日被任命为北京大学校长。其时，陈独秀为了上海亚东图书馆的业务，也到了北京，住在前门外一家旅馆。蔡元培得到消息，就效刘备三顾茅庐的故事，再三再四地前往拜访，礼聘他出任北大文科学长。那时电话没有普及，不能预先通知，为了确保抓住对象，蔡元培每次总是很早就从家里动身。有一回，蔡元培到了旅馆，独秀先生犹自作"卧龙"，酣睡未起。茶房欲上前叫醒，蔡元培不让，兀自掇了一张小凳子，坐在房门外苦等。如此诚心诚意地邀请，陈独秀显然被感动了。但他仍有犹豫："我来北京，《新青年》怎么办？"他问。按，陈独秀对《新青年》是相当看好的，他自信，"只要十年、八年的工夫"，这个杂志"一定会发生很大的影响"，他当然要抓住刊物不放。对这一点，蔡元培予以充分理解，爽快地说，"那没有关系，把杂志带到学校里办好了。"一件在近代思想文化史上举足轻重的大事，就这样一锤定音。人们看到，蔡元培把陈独秀和他的《新青年》从上海接到北京大学这个煌煌上庠，等于是把他从草莽状态推到时代舞台的前沿。历史再一次提供了生动的案例：一个人或一个刊物的生命被激活，是如何最终影响了一个时代。

陈独秀一入最高学府，注定了另一位新文化运动的健将也即将循踪而至——他就是胡适。

胡适这时候正在美国留学。他生于一八九一年十二月十七日，小陈独秀十二岁，蔡元培二十四岁，巧得很，也属兔。若以年龄划分，他该是未来北大"兔子党"的第三梯队了（除蔡元培、陈独秀外，朱希祖、刘半农、刘文典等名教授也都属兔）。这也是一只不安分的小兔。他属于庚子赔款的第二批留美生，先后在康奈尔大学、哥伦比亚大学研读农科、文科，主修哲学，兼修英国文学、经济还有政治理论等等，研究来研究去，此君突然越出专业，对故国的"白话文"问题产生强烈的兴趣。胡适认为中国古文是一种"半死或全死"的文字，已经失去了生长前进的力，要创造出新文学，必须采用新鲜活泼的白话语言；

一九一五年九月，他在赠友人梅光迪的诗里写道：

> 梅生梅生毋自鄙，神州文学久枯馁，百年未有健者起。新潮之来不可止，文学革命其时矣。吾辈势不容坐视，且复号召二三子，革命军前杖马棰，鞭笞驱除一车鬼，再拜迎入新世纪！

请注意，胡适在这儿率先提出了"文学革命"的口号。但在异域，在华人留学生这个小小的圈子里，引来的几乎都是讥讽。胡适被激怒了，自尊与自傲迫使他奋起反击；一九一六年四月十二日，他作了一首《沁园春》自励，并在词的下半阕大声疾呼："文学革命何疑！且准备搴旗作健儿。要前空千古，下开百世，收他臭腐，还我神奇。为大中华，造新文学，此业吾曹欲让谁？"

说是"文学革命何疑！"，气壮得很，然而，毕竟是书生间的斗狠，沙龙里的清谈，真的拿到社会上去检验，效果怎样，心里还没有底。这年十一月，胡适把他的主张加以小心翼翼地改制，归纳为一篇《文学改良刍议》。其要点是：（一）须言之有物；（二）不摹仿古人；（三）须讲求文法；（四）不作无病之呻吟；（五）务去滥调套语；（六）不用典；（七）不讲对仗；（八）不避俗字俗语。这个调门，比起他的"前空千古，下开百世"的宣言，要低了几个八度。文章写成后，胡适用复写纸抄了两份，一份给了《留美学生季刊》，另一份呢，他壮着胆子，寄给了远在上海的《新青年》。胡适万万没有想到，这篇试探性的"刍议"，正搔着老牌革命家陈独秀的痒处。他一眼就看出了它"今日中国文界之雷音"的革命实质，很快就予以发表。陈独秀的老谋深算，还在于他不容许胡适有丝毫犹豫或退缩，更不容许"反对者有讨论之余地"，随即作了一篇《文学革命论》为之推波助澜。他称赞胡适是文学革命的"急先锋"，说自己"甘冒全国学究之敌"，"以为吾友之声援"；

并放言，天下凡有像胡适这般勇于向封建文学宣战的，"予愿拖四十二生的大炮，为之前驱！"

机遇，是百尺楼头的欢呼，胡适一觉醒来，已经是名播九州的新进思想领袖。还得继续感谢陈独秀，此公不仅巨眼识人，更兼有举贤让贤的雅量，他大度地把胡适推荐给蔡元培，欲以代替自己的文科学长地位。蔡元培呢，自然不会轻易放过老资格的陈独秀，但他对胡适也颇为欣赏，是年九月，他聘任这位年仅二十七岁的留美学子为北大文科教授。

北大何幸，沙滩红楼何幸，胡适身后，又迎来了李大钊（守常）。李大钊，河北乐亭人，大胡适两岁。早年留学日本，锐志揽辔澄清，与同在那里留学的陈独秀夙有交往，意气颇为相投。他于一九一六年回国，因主编《晨钟报》而声名鹊起。稍后又协助章士钊编辑《甲寅》日刊，深得章氏的激赏。章士钊、蔡元培、陈独秀，这都是一条道上的志士，彼此相知有素，相得益彰。蔡元培主事北大不久，就聘请章士钊为图书馆主任。章士钊在这个任上没有待多少天便辞职，转向蔡元培推荐李大钊。"以吾萦心于政治之故，虽拥有此好环境，实未能充分利用；"章氏日后回忆说，"以谓约守常来，当远较吾为优，于是有请守常代替吾职之动议。时校长为蔡孑民，学长为陈独秀，两君皆推重守常，当然一说即行。"如此这般，李大钊就于一九一七年十一月到北大上任了。

十月革命后，李大钊是北大，也是全国第一个接受和传播马克思主义的共产主义知识分子。他以北大图书馆、《新青年》《每周评论》等为阵地，影响和带动了一大批渴骥奔泉般的热血青年。在这里，北大这个舞台是弥足珍贵的。那是"黑暗中之灯塔"（李大钊语）。或者说，那里面已经积聚并仍在积聚更多的热力，只待一声引爆便燃起烛天的火光。如果李大钊没有进北大，很可能仍在革命活动的外围徘徊，而一入沙滩红楼，情形就不同了。还是那位章士钊先生，他的观察十分到位："守常一入北大，比于临淮治军，旌旗变色，自后凡全国趋向民主之一举一动，从五四说起，几无不唯守常之马首是瞻"。那学府，还是书声琅琅的学府，那气韵，却已是雷霆万钧的气韵。

仿佛历史感到以上三员战将还不足以构成方阵，于是派遣鲁迅出场。鲁迅是蔡元培的老部下，他当初进入教育部，就是蔡引用的。蔡元培当上北大校长，鲁迅免不了要来帮忙。比如，一九一七年八月，鲁迅就为北大设计了校徽图样，这也是北大历史上的一件盛事。但鲁迅那时已经三十七岁，还没有开笔写小说。他日常在教育部任职，公余研究古碑。自言"客中少有人来，古碑中也遇不到什么问题与主义，而我的生命却居然暗暗的消失了，这也就是我唯一的愿望"。——不，是民族的大悲哀！吃人者自在猖獗，生人者反而沉埋。正好在这时，《新青年》在京城祭起耀眼夺目的光环，胡适因之而一炮打响，李大钊、钱玄同、刘半农也因之而找到了自己的角色地位，鲁迅按捺不住了，他也要凭借《新青年》调整自己的生命状态。这种调整，说到底就是从沉潜走向显扬，从平静走向燃烧。一九一八年一月，鲁迅和李大钊、胡适、钱玄同、刘半农、沈尹默、高一涵联手，加入了《新青年》的编委阵营。同年五月，他那篇讨伐封建"吃人礼教"的战斗檄文《狂人日记》，就在《新青年》呼啸问世。鲁迅借狂人之口愤怒控诉：

我翻阅历史一查，这历史没有年代，歪歪斜斜的每页上都写着"仁义道德"几个字，我横竖睡不着，仔细看了半夜，才从字缝里看出字来，满本都写着两个字是"吃人"！

鲁迅的笔轻轻一点，历史禁不住为之索索颤抖。

一代文化巨人就这样从幕后走向了前台。紧接着，《孔乙己》自他的笔尖下飞出，《药》自他的笔尖下飞出，《风波》《故乡》等一系列不朽名篇自他的笔尖下飞出；鲁迅在呐喊，《新青年》在呐喊，北大在呐喊。呐喊的世纪，世纪的呐喊。"既然是呐喊，则当然须听将令的了"。在这里，我想起一段公案。一九三三年，鲁迅回忆这一段生活，曾说我那时做的小说是"'遵命文学'。不过我所尊奉的，是那时革命的前驱者的命令，也是我自己愿意尊奉的命令，决不是皇上的圣旨，也不是金元和真的指挥刀"。鲁迅这里所说的"革命的前驱者"，从前有人告诉我们说是毛泽东，也有人称之为李大钊，前者当属于特定年代的硬伤，后者多少沾点边，但鲁迅的意中人，无疑是陈独秀。

四

写到这儿，请容许我把笔锋稍稍挪开一点主题，谈谈两位当年虽不是主角，但同样引人入胜的人物。

其一：关于梁漱溟。梁漱溟当初只有二十四岁，中学毕业，在司法部担任秘书。蔡元培主掌北大不久，读了他发表在《东方杂志》的《究疑决元论》，是以近世西洋学说阐扬印度佛家理论的，觉得不失为一家之言，便请他来校开讲印度哲学。梁自谦学浅，不敢应承，蔡元培反问："你说你教不了印度哲学，那么，你知有谁能教呢？"梁说不知道。蔡元培就说："还是你来吧！你不是爱好哲学的吗？我此番到北大，定要把许多爱好哲学的朋友都聚拢来，共同研究，互相切磋；你怎可不来呢？你不要当是老师来教人，你当是来合作研究，来学习好了！"话说到这份儿上，梁漱溟还有什么好推托的呢？他又岂能不为蔡元培的胸襟气度所折服？聘请的全过程，如今听起来，就像是一则童话；而且是一则遥远的无法复制的童话。

　　其二：关于毛泽东。一九一八年八月，毛泽东、肖瑜、李维汉、罗章龙等一行二十四人由湖南来京，准备赴法勤工俭学。过了一阵，毛泽东决定暂时不走了，就留在北京，并且想在北大找点事干。据肖瑜回忆，他们写信给蔡元培，诉说了自己的愿望，并提出，哪怕是当清洁工也行。蔡元培阅信时，一定是有过短暂的沉思。他本人就曾留欧多年，并且是赴法勤工俭学运动的高层发起者之一，自然能体谅这样一个中途不能成行的热血学子的处境。于是，他裁纸拔笔，给李大钊写了一张便条，说，"毛泽东需要在本校求职，使其得以半工半读，请在图书馆内为他安排一职位。"毛泽东就这样进了北大图书馆。当年的详情，现在是难以查考的了。但可以肯定，正是北大，正是李大钊、陈独秀、鲁迅、胡适这一批世纪级人物的风采，开阔了青年毛泽东的视野，勃发了他"指点江山"的豪情，强化了他"到中流击水"的意志。

五

　　现在再把笔拢回来。除《新青年》编辑同仁外，蔡元培的麾下还聚集了顾孟余、朱希祖、沈士远、沈兼士、刘文典、马裕藻、陈大齐、马寅初、徐宝璜、周作人、周鲠生、陈启修、吴虞、陶孟和、李四光、颜任光、朱家骅、李书华等一大批新锐人物。在我国最先介绍爱因斯坦相对论的物理学家夏元瑮，得以继续留任理科学长，与文科的陈独秀呼应，奠定了北大在文理两方面的高屋建瓴之势。南金东箭，济济一堂；北大历史上的一个新纪元，就这样军容浩壮地拉开了序幕。

如果认为，蔡元培的"思想自由，兼容并包"，仅仅局限于新派人物，那就错了。蔡元培对一些确有学问的旧派学者，如辜鸿铭、刘师培、黄侃、黄节、崔适、陈汉章、马叙伦等等，也都诚意延揽，给他们提供发抒的讲台。这一点常常为人诟病，认为不可理喻。其实，这正是蔡元培的无与伦比之处。即以辜鸿铭而言，他诚然有着复辟倒退的一面，但在英国文学方面的造诣，举世鲜有人及，所以蔡元培请他任英国文学系主任，也是用其所长。站远了看，辜鸿铭的人格精神也自有其可圈可点的地方。对于深谙西方文化背景并洞察西方文明弊端的辜鸿铭，他的卓荦之处就在于：当西方对中国大肆进行文明歧视和文化侵略时，他敢于说："不！"当民族虚无主义者们把"全盘西化"的口号叫得沸反盈天时，他敢于说："不！"当国人普遍忽略中西文化的双向交流与沟通，而无视西方传教士和"汉学家"对中国传统文化的隔膜时，他敢于说："不！"辜鸿铭的这一个侧面当时并不为世人理解，蔡元培能对他高看一眼，确属难能可贵。再以刘师培而言，他是"筹安会"发起人，帮助过袁世凯鼓吹帝制，大反动也。但他是"年少而负盛名"的国学大师，连另一位鼎鼎大名的国学大家章太炎对他也十分推重，让他讲授擅长的经学，又有什么妨碍？何况穷愁病困中的刘师培这时正急需支持，北大倘不能向他伸出援手，也有失于煌煌上庠的格局、气派。

　　蔡元培提倡"思想自由，兼容并包"，自有其理论渊源。一九一八年十一月，他在《北京大学月刊》发刊词中，曾用《礼记·中庸》"万物并育而不相害；道并行而不相悖"的老话，阐述他的治校方针；指出："各国大学，哲学之唯心论与唯物论，文学、美术之理想派与写实派，计学之干涉论与放任论，伦理学之动机论与功利论，宇宙论之乐天观与厌世观，常樊然并峙于其中，此思想自由之通则，而大学之所以为大也。"相隔八十年，如今回过头来看，就更见出蔡元培涵融万汇的泱泱大度。大度也是一种高度，一种浅学者浅薄者绝难企及的人生大境界。蔡元培鄙弃罢黜百家、独崇一己的文化专制，提倡学术自由，百家争鸣。当然自有倾向，但含而不露，相信自己稳操胜券，故从容不迫。这是什么精神？这就是上帝的做派！——假设冥冥中真有上帝，我说，上帝一定总在谦恭地笑。

人们很快看到，蔡元培是如何把一个旧营垒下的北京大学，转变为新思想新道德新文化运动的策源地，为五四运动的兴起和中国共产党的诞生，水到渠成地输送上大批思想、人力资源。你也许抗辩：即将发生的这一切，并不完全出于蔡元培的本意！——是的，蔡元培本人受他世界观的局限，并没有完全预见到未来的走向，但这又怎样？在某种意义上，岂不是恰恰印证了"思想自由，兼容并包"的无限量威力。

千山独行

一

"五十年来和五百年内,中国人写白话文的前三名是李敖,李敖,李敖,嘴巴上骂我吹牛的人,心里都为我供了牌位。"

李敖这哥们像谁?想想看,再想想看,你身边绝对没有这种标本。现代,近代,古代,你一页一页翻黄、翻焦、翻痛了历史,保准也没有。注意,李敖这么说时,没有拍胸脯,也没有唾星四溅白眼朝天,只不过抽抽鼻子,眨眨眼,狡黠一笑,露出一口洁白晶亮的细牙。而你,多半会忽略这细节,只记住了他的狂妄。你禁不住忿火中烧怒肠鼎沸,本能地。你的教养你的自尊你的脾气,都促使你"拿起笔,作刀枪"。不过呢,容我泼一盆冷水。仅仅眯起眼看台湾,要生吞李敖之肉活剥李敖之皮的仇家,没有一军也有一师,你这种书生意气的小打小闹,在李敖门前,一年半载肯定排不上队。

且看李敖骂蒋介石,骂得入骨入髓,骂得天花乱坠,骂得千娇百媚。蒋帮勃然大怒,一旁十年大牢侍候,李敖不愠,不火,也不上诉,他吃透了历史,也谙熟法律,知道怎样从容应对暴政。他就那样衣袂飘然地，像步进图书馆一样步进监狱，不，炼狱。老蒋生前，他以耶稣自励，"午夜神驰于人类的忧患"，在默默中思考，锤炼；老蒋死后，他一鼓作气抛出《蒋介石研究》一至六集，并编辑《拆穿蒋介石》《清算蒋介石》《蒋介石张学良秘闻》《侍卫官谈蒋介石》诸书，大鞭其尸，不亦快哉！鞭尸之外，还旁及其妻其子，旁及所有视线内的蒋帮政要，一律痛加鞭挞，不亦快哉！你要批李敖，不妨先养养他这种"挺身为人间存正义而留信史"的侠气、英气。

李敖最爱惹是生非，他以招怨结仇为乐。他觉得终身之计，不是树人，而是树敌。叫李大侠李敖唉声叹气的，是在这台湾岛内，什么都他妈的鬼头鬼脑，小里小气，连敌人都不够段位。他常常想起法国总统戴高乐。戴高乐有天外出，遭一伙刺客伏击。耳听凶手在四周狂呼滥叫，眼见子弹在座车前后爆炸开花，戴氏处变不惊，从容自若。结果，倒是行刺者丧魂失魄，狼狈而逃。戴氏冲着刺客的背影，轻蔑地扔去一句："这些家伙的枪法真差劲！"数十年来，李敖备受国民党和比国民党还国民党的小人攻击、迫害，他优游其中，日变月异，一年比一年坐大，一年比一年神气，为什么能达如此化境？原因之一，就是——喏，套用戴高乐将军的经典——"这些家伙的枪法真差劲！"你想领教领教李大侠本人的武功？那好说，那好说。告诉你，大侠的"小李飞刀"，例不虚发，发必中的，你看，他是如此嘲弄国民党："国民党把'经济问题，政治解决'（如包庇财阀是也）；'政治问题，法律解决'（如以法律绳异己是也）；'法律问题，经济解决'（如法官收红包是也）。国民党总是不能恪守本位。"怎么样？统共不过两小节，二十四字，拆开来，句句都中肯綮，合起来，不亚于一部腐政全书。你再看他的这番讽刺，他说：国民党对大陆力所未逮而淫之，正是"意淫大陆"；对台湾力所有逮而淫之，正是"手淫台湾"。以区区八个字，写尽国民党涎态、诡态、窘态！你再看，当蒋介石的孙子蒋经国的儿子蒋孝武去世，媒体大谈他生前如何与私生兄弟章孝严联络云云，李敖技痒难耐，也跳出来贡献一副挽联，联云："先死后死、祖孙一脉、端赖介石开阴道；婚生私生、兄弟串连、全靠经国动鸡巴。"语含双关，文蕴两意，一联既出，举岛哄传。李敖自称："从中文技巧看，任何中国人都写不出来！"你要是不服气，尽管下场一试，一旁笔墨纸砚立马伺候。

李敖口无遮拦，爱说大话、满话、极端话、刻薄话，乃至痞话、淫话，但他偏生说得真诚，说得可爱，说得风情万种。沈从文评点前人刻画张飞、李逵、鲁智深，认为光彩端在"粗中有媚"。李敖之狂也，应属"狂中有媚"。比如他写回忆录，趁机往脸上贴金，竟动用了十六个响当当的"不"字，标榜他一生是如何"倨傲不逊、卓尔不群、六亲不认、豪放不羁、当仁不让、守正不阿、和而不同、抗志不屈、百折不挠、勇者不惧、玩世不恭、说一不二、无人不骂、无书不读、金刚不坏、精神不死……"人读了，非但不恶其大言不惭、恬不知耻、自命不凡，反而会莞尔一笑，在不知不觉中，融入他那股热辣辣、活勃勃、浩荡荡的真气和奇气。

二

李敖在大陆只生活了十四年，住过的地方，仅限于哈尔滨、北京、太原、上海，事情就有这怪，他生命的根，早已上蟠下蜿，左攫右抓，深深扎在了长江黄河之源、五岳千山之麓，深深地。李敖日后追溯家族的血脉，总是自豪地提到云南，夸耀他那或许是蚩尤后裔的先祖；再就是他那位崛起齐鲁、勇闯关东、既卖苦力、又做土匪、既抗邪恶、又搂钱财的爷爷，自谓其骄人的勇敢、强悍、精明、厉害、豪迈，乃是深得祖父的真传；还有他那位早年攻读北大，被蔡元培、陈独秀、胡适、鲁迅诸位大师狠狠灌了一脑袋醍醐的爸爸，爸爸的成绩虽然不在一流，在北大的自由民主精神，却正是经由他老人家的言传身教，日逾一日地吹遍李敖思想的原野。

我曾读《梁实秋传》，那是数年前，好多情节，如今都记不清了，但有一个插曲，相信有生之年，将永远刻骨铭心：一九三七年七月二十八日，日寇占领北平。梁实秋一边抚摸长女文茜的脑袋，一边流着泪说："孩子，从明天起你吃的烧饼就是亡国奴的烧饼。"

又曾读余光中文集，那也是数年前，余氏散文中，沸腾达于笔尖达于血液达于创造的，在我看，主要是下列一些词句："你的魂魄烙着北京人全部的梦魇和恐惧。""有一种疯狂的历史感在我体内燃烧，倾北斗人酒亦无法浇熄。""当我怀乡，我怀的是大陆的母体，啊，诗经中的北国，楚辞中的南方！"

这就是根，这就是魂，这就是血脉的源头、思想的磁场、人格的标高！李敖读初二时随父母去了台湾，厕身于败军之阵、乌合之帮，触目所见，不外一片拥挤、狭隘、狼藉之状，肮脏、龌龊、卑鄙之态。以李敖的天性，他岂能忍受？他哪堪忍受？然而，他又不得不忍受，因为他还小，也正因为小，生命的能量却又无日不在加速度地井喷井喷。终于有一天，李敖怒吼了，他开始抗争。那时他正就读台中一中，念高三，李敖把抗争的突破口选在了窒息人性的"制式教育"，断然把书包往地下一掼，宣布说：老子不要再去那劳什子课堂！老子就在家自学！

李敖口口声声的"老子"，自然指他自己。而李敖的亲老子，这会儿正好在一中任教。作老子的听了儿子的反潮流宣言，没有火冒三丈，暴跳如雷，也没有望闻问切，检查病因，只是点点头，淡淡地说："好，你小子要休学，那就休吧！"

老爸的开明，令李敖喜出望外。李敖乘机又有发挥，他对老爸说："所谓北大精神，就是'老子不管儿子'的精神，你们北大毕业的老子，都有这种精神。"

画家黄永玉，也是从小就敢于蔑视教育的权威。他在厦门集美学校读初中，总是一头钻进图书馆，再就是绘画，唯独对功课不予理睬。如此我行我素，免不了要遭到功课的报复，三年初中，竟生生留了五次级！书读得如此之"悲壮"之"惨烈"，按说，他那位任校方董事长的叔叔，该出面过问过问才是。奇了怪了，作叔叔的居然视若无睹，放任自流，不知他叔叔是否也是北大毕业？

李敖小时候，生得眉清目朗，温顺可爱，人呼"老太太"，那是真人未露相。随着年龄增长，不，应该说是随着知识的扩张，日渐露出头角。李敖读书之多，是普通的中学生难以想象。举一个匪夷所思的例子：他闭起眼睛，光用鼻子，就能嗅出学校图书馆架上的某一册书，是出之于上海的哪一家书局。可见他对馆藏图书是何等熟悉！李敖书读得飞快，思想也张狂得飞快。初三那年办班报，竟敢写文章批评高年级的学生，惹得对方勃然兴师问罪。近年他回忆起这一幕，依然满怀得意，他说："可见我李敖办刊物贾祸，固其来有自也！"李敖十八岁那年，高三上只念了十几天，如前面所说，就干脆休学在家，镇日沉浸于文史书籍和写作，痛痛快快地养了一年"浩然之气"。

这段"闭关修炼"，对李敖一生影响巨大。且看他这期间的部分诗作——

　　人皆谓我狂，我岂狂乎哉？是非不苟同，随声不应该，我手写我口，我心做主宰，莫笑我立异，骂你是奴才。（《写贻党混子》）

眼亮心要黑，朝夕窥国贼，千里寻知己，一求大铁椎。（《论侠六首之二》）

不拐弯抹角，不装模作样，有话就直说，有屁即直放。（《诗的原则》）

没有穷酸相，不会假斯文，高兴就作诗，生气就骂人。（《杂诗八首之四》）

志在挽狂澜，北望气如山，十年如未死，一飞可冲天。（《立志》）

九曲黄河十八弯，在第一个弯道就显出了它雷奔海立、一泻万里的磅礴气势！

三

板桥老人何幸？他的一句感慨系之的"难得糊涂"，前些年风靡神州大陆。这股靡风应也到台岛；据说海外我炎黄子孙，不少人都雅好此训。国人为什么总嫌自己太清醒？我们的文化心态政治心态肯定在哪儿出了毛病！清醒本身似乎都杂着糊涂。李敖惯作特立独行，"江水皆东我独西"，若是众人都倾心"糊里糊涂"，他必然是独钟清醒。

李敖的确是难得糊涂。反映在生活上，就是洁癖。他每天都要反复净身，自谓洗澡的次数绝不亚于丘吉尔，至于在澡盆里泡的时间，大概比不上拿破仑和巴尔扎克，否则，按其天性，他绝不会藏美；无论多忙，他每天都要打扫房间，包括厨房、浴室和厕所，他不能容忍一点灰尘，也想象不出在一个肮脏的环境里作为万物灵长的人类又怎会生活得舒服。反映在政治上，就是振衣千仞，高标独树，四面出击，六亲不认。他崇尚"欲求灵药换凡骨，先挽天河洗俗情"。李敖之可爱，就可爱在这里。李敖之可怕，也正可怕在这里。

　　习惯了温柔敦厚一路文字的读者，乍读李敖的文章，免不了要"触电"。李敖批国民党，批得虎虎生风，风云变色，这是他的大业和绝活。李敖批台独，指得鸡飞狗跳，跳踉偃仆，这是他的大义和神功。除此而外，李敖也批前文提到的梁实秋。他认为，从写《人权论集》到主编《远东英汉字典》，此梁和彼梁，相差不可以道里计。梁在大陆，敢于向国民党太岁头上动土，一豪杰也；到台湾，却是事事跟在国民党屁股后面转，一可怜虫也。"一代大儒，不可以软弱如此！"所以，在梁生前最后十年，李敖与其比邻而居，却不屑往来，大有"比邻若天涯"，不胜隔世之感。李敖也批前面提到的余光中。他直斥其人"文高于学、学高于诗、诗高于品"，基本上，"一软骨文人耳，吟风弄月、咏表妹、拉朋党、媚权贵、抢交椅、争职位、无狼心、有狗肺者也"，"且为诗拍蒋氏父子马屁，更证明此人是势利中人，绝无真正诗人的真情可言"！李敖也反思胡适。李敖曾师事胡适，胡适优待李敖亦犹如当年在大陆优待罗尔纲。但是，李敖敬重的是五四雷霆霹雳中的青年胡适，而不是"老耄而世故"、呈"大懵懂"状的晚年胡适。他剖析胡适一生的致命伤，就是把大有为的学术生涯，虚掷在无所谓的社会应酬。哀叹胡适的生命，"简直在被每一个仰慕他的人分割以去，活像《老人与海》中的那条被吃光的大鱼。"呜呼！李敖为之顿足："第一流的人不该花这么多的时间去做人际关系，第一流的人应该珍惜光阴，去做大事。"其他我们熟知的一些有学有识有头有脸有名有份的人物，如钱穆、柏杨、林语堂、台静农、陈鼓应、李远哲、琼瑶、三毛、金庸等等，莫不在他的口诛笔伐拳打脚踢之列。比如他抨击作家三毛——谁是三毛？众所周知，三毛是漫画家张乐平笔下的流浪儿造型，举世认可了的。而现在，出了一位姓陈的女士，居然"以三毛为笔名，整天做的，竟是带领病态的群众，走入逃避现实、风花雪月的，这对苦难的真三毛来说，实在是一种侮辱。"因此，李敖当了三毛的面诘问："你说你帮助黄沙中的黑人，你为什么不帮助黑暗中的黄人？你自己的同胞更需要你帮助啊！"所以，他指斥三毛的言行，"无非是白虎星式的克夫、白云乡式的逃世、白血病式的国际路线和白开水式的泛滥感情而已，她是伪善的。"又比如他评点金庸——金庸同三毛一样，也是主动送上门去挨"剐"。一次，金庸因事赴台，特地登门看望李敖，谈话中，他说到自己"自从爱子不幸去世，便一心皈依佛学，现在已经是很虔诚的佛教徒了"。李敖大皱其眉，当即说：佛教以舍弃财产为要旨，即"舍离一切，而无染着"，"随求给施，无所吝惜"，而你却是大财主，你怎么解释你的虔诚呢？金庸语塞，难以回答。李敖事后撰文说：金庸的所谓信佛，其实是一种"选择法"；一言以蔽之，他也是伪善的。——事事上纲上线，语语析骨析髓，持论之苛，直如魔鬼断狱。

李敖自称"为人外宽内深、既坦白又阴鸷、既热情又冰冷、既与人相偕又喜欢恶作剧……"。"烈士肝肠名士胆，杀人手段救人心"，为了瞄准，他常常不得不闭起一只眼。他偏好的是那种超凡脱俗的"性格巨星"，像东方朔、像李贽、像金圣叹、像汪中、像狄阿杰尼斯、像伏尔泰、像斯威夫特、像萧伯纳、像巴顿将军，尤其"喜欢他们的锋利和那股表现锋利的激情"。当然啰，他列举的都是蜚声中外的思想巨子、文章大家、铁血男儿。每一位都是铮铮铁骨，铁骨铮铮，不同凡响。然而，倘若细加比较，不难发现，东方朔犹输他火辣，李贽犹输他刁顽，金圣叹犹输他隐忍，汪中犹输他铁面，狄阿杰尼斯犹输他诡谲，伏尔泰犹输他机智，斯威夫特犹输他蛮勇，萧伯纳犹输他狂放，巴顿将军犹输他算计。从"这一个"的角度来看，李敖的确是不世出的枭雄。

四

作为传统文化的爆破手，李敖受到过"第一流的历史学家的训练"。这一点非常重要。正因为有此根底，再加上非凡的斗志，他才能以一介文士之力，横行台湾，攻城拔寨，斩将搴旗，敲山震虎，摧枯拉朽，撒豆成兵，飞花摘叶，"打遍天下无敌手"，"人见人怕鬼见愁"。

走进李敖的住宅，你会惊讶错进了图书馆。铺天盖地的书，不是一架两架三架五架，而是一墙两墙三墙五墙。书架和墙壁砌成一体，书就是墙，壁就是架。书之为伍为阵，纵横有序，壁垒森严，炳炳麟麟，气象万千。古人常说："坐拥书城"，如果你对这比喻缺乏形象化的直感，那么，不妨找机会前往李府参观参观。

难怪李敖要鼓吹"真正第一流的大思想家的工作地点是自己的书房，而不是图书馆。"苏格拉底热衷的街头对话方式与他无关，马克思在大英图书馆的一幕也与他无关，李敖说这话时，肯定是一边照镜子，一边神采飞扬，他是为自己画像。

他当然有理由为自己画像，在图书馆或其他地方做研究，哪能比在自己家里更舒适、更自由、更方便，因而也更能出活呢？前提是你的住房要有李敖的那么敞，藏书要有李敖的那么丰富。李敖是岛内外屈指可数的藏书家，他的图书多而精，旧版本的占了很大比例。李敖占领资料的原则是韩信将兵，多多益善。他绝不无辜浪费信息，哪怕是少年时代朋友的一张便笺。李敖的书桌不是一张两张，而是有许多张，上面总是堆满了专题材料，他写某一类文章，用一张书桌，换了主题，再换一张书桌。李敖爱用舞女的术语——"转台子"——形容日常这一套流水作业。

真正的舞女想来不会爱上他的"转台"。在她们的眼里，李宅也好李府也罢，充其量不过是一座"豪华监狱"。李敖自囚其中，每天劳作劳役十七八个小时，未解"春眠不觉晓，处处闻啼鸟"，更遑论"舞低杨柳楼心月，歌尽桃花扇底风"。李敖是地道的苦役命，他不烟、不酒、不茶、不咖啡、不下棋、不打牌、不跳舞、不看电影，不讲究饮食；即使待客也不稍歇，总是手里忙着，耳里听着，嘴里讲着；哪怕接电话，也是拿下巴将听筒一夹，边接边干活。

只有接触到李敖的这一面，你才会洞悉他的功力，才会恍然他的追来溯往，引经据典，为什么总能如此手挥目送，左右逢源。譬如他叙述自己的分身多用，随便就举例说："十七世纪大学者王船山可以一边向学生讲课，一边跟太太吵架，而《三国演义》中的庞统庞士元，更是十项全能。《陶庵梦忆》中的黄寓庸也有'耳聆客言，目睹来牍，手书回札，口嘱侯奴'一身四用的本领。正因为我有这些一身三用、一身四用的本领，所以我待客时，就先声明我要一边做工一边谈话，一如蒋介石到印度拜访甘地，甘地却一边纺纱一边谈话……"如果他就这专题继续发挥，相信一定旁征博引，排比参照，精彩纷呈。

最能见出作者功力的，应数笔仗。彼时的一颦，一笑，一俯，一仰，都牵扯到双方的毕生修为。且看：李敖当年发表《播种者胡适》，广泛受到好评。胡适本人，想必是快慰的。但胡适是大家，快慰之余，从响鼓重槌的厚意出发，还特意寄语后生李敖，提出该文尚有"不少不够正确的事实"。哈哈，李敖评说的是胡适，现在由胡适本人出来纠谬，这该是被逼到墙角、无处回圈了吧。然而不，李敖是何等身手！

"墙角数枝梅，凌寒独自开"，他的史家训练，在这儿生发出威力。李敖指出，胡适列举的那些失误，在他，都不是捕风捉影、凭空捏造，而是有所本的；其中有些典故，还是直接引自胡适的书。现在，既然胡适亲笔否认，那只能说明：一、所本的材料不实，责任在第三者，不在他；二、胡适老了，记忆偶出故障，想不起当年说过的话，他是完全不记得了，忘了。嘿，李敖这家伙就有这牛！纵然太师级的胡适想出面敲打敲打，也是没门。

　　长期出没于史学的王国，李敖的语言，也染上了史"色"史"韵"。他写殷海光、夏君璐夫妇，讲到殷太太对去世的殷先生人格的歪曲，笔锋一抖，说："思想家讨错了老婆，在他死后，对他思想的流传必是一种妨碍，从托尔斯泰到胡适，无一例外。"跟着又带出《诗经》中的一句："'殷'鉴不远，在'夏'后之世。"指出用它来"做有趣的曲解，正好对这段殷夏婚姻，有了先知式的预言。"他讨伐台独分子彭明敏，在记录了自己与彭的长期交往之后，笔锋一转，写道："道家说人体中有'三尸虫'。上尸叫彭倨，喜欢财宝；中尸叫彭质，喜欢美食；下尸叫彭矫，喜欢色欲，道家认为这三种尸都有害人体，故合称'彭尸'。我认为'彭尸'具有'彭尸'之韵，因写'彭尸'一章，重述生平。整个彭李之交，就此走向落幕。"啧啧，以上两例，用典既符合对象的特定身份，讽刺又极其辛辣峻刻，索引附会，穿凿罗织，直若神来之笔，令人拍案叫绝。

五

　　李敖曾坐过两次牢，1971年和1981年。狱中，他历经非人的凌辱刑求、朋友的陷害出卖、弟弟的趁火打劫、情人的绝袂远去，以及终年不见阳光的孤独和暗淡。

然而，无论处境如何，在李敖的心田中，你很难掘到泪泉。哪怕他"肠虽欲绝"，却总是"目犹烂然"。我翻了十多本李敖的著述，兼及旁人写他的几本传记，好不容易才在一处见到泪痕。那是他第一次入狱之后，李敖披露心迹："虽然我在多少个子夜、多少个晦冥、多少个'昏黑日午'，噙泪为自己打气，鼓舞自己不要崩溃，但当十个月后，小蕾终于写信来，说她不再等我了，我捧信凄然，毕竟为之泪下。"

人说落泪是金，李敖的眼泪胜过黄金。

哭，是人类本能的宣泄。大丈夫并非不流泪。"长太息以掩涕兮，哀民生之多艰"，这是忧国的泪；"感时花溅泪，恨别鸟惊心"，这是离愁的泪；"二句三年得，一吟泪双流"，这是沥血的泪；"春蚕到死丝方尽，蜡炬成灰泪始干"，这是殉情的泪；江淹写《别赋》，渲染的是"横玉柱而沾轼""造分手而含泪"的悲郁；谭嗣同作《有感一章》，抒发的是"四万万人齐下泪，天涯何处是神州"的激愤；即便旷代英雄如毛泽东，他的笔下，也有"热泪欲零还住""泪飞顿作倾盆雨"之类的倾诉。奇怪，李敖分明是性情中人，他为什么偏生不爱堕泪？

李敖对此有高论。他说，人遇到触霉头的事，倒运事，本来就够凄惨的了，倘若再悲悲戚戚，哭哭啼啼，岂不等于助纣为虐，帮助灾难打倒自己？所以，此公愈倒霉愈不哭，不仅不哭，还化悲为喜，开颜绽笑，他要让灾星在笑声中颤抖。

你见过这般怡然自得的囚犯吗？有一阵子，李敖被关押在军法处八号牢房，那是间名副其实的斗室，人待在里面，连转身都很困难，简直是四处碰壁。李敖不以窄小为苦，反而以闭关为乐。当年达摩老祖修禅，也只是冲着一面墙，而我，竟四处冲墙，他想。恍惚中，常生出破壁飞升的烂漫。房间只有一扇小门，虽设而常关，与外界的一切联系，包括每天三顿饭、传递日用品、倾倒垃圾，都要趴下身来，通过贴地的一个小洞办理。换了旁的囚犯，肯定不堪其苦。李敖却别有情兴，他戏称斗室为"洞房"，遐想自己一年三百六十天，天天都生活在"洞天福地"，俨然又有一种得天独厚的惬意。

王实甫《破窑记》中的李月娥说："心顺处便是天堂。"李敖独居斗室，形单影只，日子多么的枯燥、无聊啊。哪里，李敖才不那样悲观，他庆幸至少还有约会。冬天的中午，只要天气好，他总要腾出一个小时，安排接客。接待谁？对象不是人，也不是承载人类的地球，而是比地球大一百万倍的太阳。当太阳按时从房顶上的窗口洒进几块——注意，是几块！——小小的洞房，立刻泛起欢乐。阳光依次温暖水泥台，地板，然后爬上对面的墙壁；为了机不可失，光不再来，李敖把碗啊筷啊杯啊等用具，分开放在日脚巡幸处，然后自己也缩身挤将进去。阳光只有那么几块，而且稍纵即逝，不能像躺在沙滩上享受日光浴那般奢侈，只能像照 X 光，分批分部位地进行。冬天的阳光热力有限，看上去还是蛮多情蛮缠绵的。你想，它们从九千多万英里的高空张翅飞来，前后不过花了八分钟，就已经温柔地把你拥抱。这种陶醉感，尤其是对光与热这种细致入微的依恋，是他人无法领悟的。

能在无聊中剥出趣味，能在枯槁中觅见鲜嫩，这样的人，永远是生活的征服者。牢房的墙壁阴暗而污秽，李敖就买来两本稿纸，把它们统统糊上。如此一"装潢"，光线自然比从前明亮。晴朗的日子，四面白墙，白得就像他空空荡荡的岁月。逢到阴雨天，湿气加重，稿纸吸足水分，纷纷鼓了起来，如同鬼斧神工的"浮雕"：有美女回眸，有妖怪斗法，有戴高乐的巨鼻，有硕大无比的香肠，有横行霸道的螃蟹，等等。总之，是任他编织想象，任他穿凿附会。李敖俯仰其中，自得其乐。

六

　　李敖自诩为"马克思加恩格斯"。别误会，别激动，这里丝毫没有调侃或亵渎，充其量，只是一个借喻。李敖当然谈不上是马克思主义者，虽然他承认马克思是大思想家。他的推崇恩格斯，也是侠义胜于信仰。李敖这里以马克思自炫，是因为他看到，这个世界需要在理论高地揭竿而起、呼啸而前的马克思，同时也需要在商海辛勤淘金、甘作后勤部长的恩格斯。马克思能在大英图书馆坐稳，恩格斯的资助力莫大焉。马恩配对，黄金搭档，天造地设，珠联璧合。李敖自视也是"经天"奇才，那么，谁是他的"纬地"搭档呢？换句话说，李敖绝对可以在文化领域冲锋陷阵、攻城掠地，这他有自信；可是，谁来当他的管家，或经济保证人呢？这些年，台湾不乏财神，大的，小的，正的，邪的，圆的，滑的。但没有一个姓李，不，姓恩。没有人能及得上他李敖的眼光，因而，也不会有人充当他的的后勤部长。李敖要想在这台湾岛上立于不败之地，只能是一身两役，一心二用，一而二，二而一，既当马克思，又当恩格斯。

　　李敖熟悉贫穷的嘴脸。大陆上的岁月，少不更事，就不谈它了。来台后，没少尝"一钱难倒英雄汉"的酸辛。记得在一中，班上组织假日游日月潭，他向爸爸要钱，爸爸说："我们早起刷牙，买不起牙粉，更买不起牙膏，只能用盐水刷牙，哪有钱供你郊游呢？"于是，大伙儿在日月潭日月潭，他只好在家里遥望日月潭日月潭。还是在一中，菲律宾举办童军大会，老师看他成绩好，要他报名应征，手续是先交一张头戴童军帽的相片。他没钱，没钱就拍不起相片。无奈找出在大陆的一张光头照，拿毛笔在头上画了一顶童军帽，忐忐忑忑地交差。可恶的老师，唯知愤怒他的弄虚作假，半点也不体谅他的囊中羞涩。于是乎，又是别人在菲律宾菲律宾，他只能在家里想入非非地菲律宾菲律宾。

那也怪不得老师，说到底，只能怪自己没钱。富兰克林说：口袋空的人腰杆挺不直。李敖口袋空空，就连帽子也飞不上头。枉有一腔抱负，自立尚且不能，又谈何改造社会？是以，李敖屑作郊寒岛瘦的精神贵族，他出道伊始，就努力把知识转化成财富。李敖的赚钱途径，主要有三：一是抓写作，二是抓出版，三是抓诉讼。诉讼也能来钱？能。李敖精通法律，擅写讼词，打官司犹如胡适太太打麻将，总是胜多负少。国民党利用官司使李敖坐大牢，李敖却又利用官司为自己招财进宝，这也是儒林一大奇迹！除此而外，李敖也当过既劳心又劳动手脚的小商人。那是六十年代中期，当他加盟的《文星》杂志遭到封杀、谋生变得艰难之际，便毅然作告别文坛、"下海"卖牛肉面的策划。关于这件事，他曾有信致余光中，信上说：

> 我九月一日的广告知你已经看到。"下海"卖牛肉面，对"思想高阶层"诸公而言，或是骇俗之举，但对我这种纵观古今兴亡者而言，简直普通又普通。自古以来，不为丑恶现状所容的文人知识人，抱关、击柝、贩牛、屠狗、卖浆、引车，乃至磨镜片、摆书摊者，多如杨贵妃的体毛。今日李敖亦入贵妃裤中，岂足怪哉！岂足怪哉！我不入三角裤，谁入三角裤？

大陆近年也有一批文化人勇敢入"海"，但像李敖这般洒脱、透彻而又谐趣的，尚且不多。余光中日后虽然屡遭李敖开涮，关系或趋紧张，当初两人的交情，应还在惺惺相惜之列。余氏收信，很快左手

抓色，右手泼彩，贡献了一份堪与来函相媲美的广告词。余文是这样
写的：

> 近日读报，知道李敖先生有意告别文坛，改行卖牛肉面。果
> 然如此，倒不失为文坛佳话。今之司马相如，不去唐人街洗盘子，
> 却愿留在台湾摆牛肉面，逆流而泳，分外可喜。唯李先生为了卖
> 牛肉面而告别文坛，仍是一件憾事。李先生才气横溢，笔锋常带
> 情感而咄咄逼人，竟而才未尽而笔欲停。我们赞助他卖牛肉面，
> 但同时又不赞助他卖牛肉面。赞助，是因为收笔市隐之后，潜心
> 思索，来日解牛之刀，更合桑林之舞；不赞助，是因为我们相信，
> 以他之才，即使操用牛刀，效司马与文君之当炉，也恐怕该是一
> 时的现象。是为赞助。

　　格于环境，摆牛肉摊的事，李敖只完成了马克思的那一半：从理
论到理论；而恩格斯的那一半：经营，是改由他的朋友去实行。李敖不
甘只作口头革命家，最终还是"下海"当了一阵倒腾二手货的电器商。
小本经营，大处落墨，自给自足，自得其乐。一次卖冰箱给大导演李
翰祥，送货上门，被李太太撞见，李太太大惊小怪，说："大作家怎
么当起苦力来？"李敖粲然一笑，答："大作家被下放了，正在劳动改
造啊！"

　　经济自立，使李大侠长袖善舞，左右逢源；他前年曾拍出一百多万
美元助慰安妇，一时震动多少人心。而话语独立，更使他拥有连李登
辉也要望之生怵的金属质感和杀伤力。

七

李敖不是堂·吉诃德，他比谁都清楚，在一个专制统治下的孤岛，以个人之力挑战社会，注定了是一场悲剧；最侥幸的结局，也不过是"与子偕小""与子偕亡"。然而，李敖之为李敖，就在于他把一场不可逆转的悲剧，不断导演成卓别林式的喜剧。这才是大本事。这才是大造化。明朝末年，姑苏才子汤卿谋说人生不可不具三副眼泪：第一副，哭国家大局之不可为；第二副，哭文章不遇知己；第三副，哭才子不遇佳人。李敖绝不哭，他遇到不如意的事，不但没有三副眼泪，连一副也没有，连一滴也没有，有的只是顽童般的哈哈一乐。最典型的，莫如坐牢。别人把牢房当作地狱，他却把牢房看作锻炼火眼金睛的老君炉。因此，尽管失去自由，他每天仍然只睡五六个小时，凌晨三点即起，从不午睡，干什么？看书，思考，写作。你掐断书籍供应线，什么也不准看。行，算你独裁。可是《三民主义》总是可以看的吧？《蒋总统集》总是可以看的吧？狱方说可以。于是，他就有了一大堆狗屁书。他特意选择坐在马桶上阅读的姿势，那叫以臭对臭，以毒攻毒。攻来攻去，他竟成了蒋总统著作专家。更妙的是，他居然从中偷得不少"天机"，诸如"中华民国亡国论""反攻无望论""赞成西藏独立论"等等。这些，为他尔后"以国民党之矛，攻国民党之盾"，大揭国民党的老底帮了大忙。难怪李敖要说"天下没有白坐的黑牢"。对他来说，也是"天下没有白读的坏书"。

然而，一场演成喜剧的悲剧，在本质上，依然是悲剧。李敖批评胡适，说他不该为琐事虚掷大有为的精力。同样有人据此批评李敖，说他不该抱定"与子偕小""与子偕亡"，而应该珍惜才华，为社会撑起更高的天幕。

这就涉及他的时代坐标与历史定位。

毫无疑问，李敖是属于台湾的，他的钻石般的熠熠光辉，是从这个岛屿发出的。别听他总说"我是一个正确的人，活在了一个错误的地方。本来是要去西天取经，结果却沦落成东海布道，并且布得天怒人怨。"又说什么："我根本不属于这个时代、这个地方，就好像耶稣不属于那个时代、那个地方一样。我本该是五十年后才降世于大陆的人，因为我的境界，在这个岛上，至少超出五十年。我同许多敌友，不是'相见恨晚'，而是'相见恨早'。今天的窘局，只是他们妈妈小产和我妈妈早生的误差。"其实，除了脚下这个岛，哪儿又是他李敖正确的地方呢？"西天"吗？那就请去"西天"好了。对他来说，并不是没有机会。他的长女早在美国安家落户，他在美国的三姐，也早已帮他争取到移民名额。其他还有各种组织各式人物出面帮忙。李敖铁定不去。为什么？因为他肚里透明：耶稣假若不生于他那个公元一世纪、他那个犹太伯利恒，就不成其为耶稣；自己假若不生于这个时代、这个大陆、海岛，也就不成其为李敖。英雄是活在历史的一切既成事实，而不是活在历史的假设。所以，他要留在台湾不走，以一个"文化基度山"的身份坚守阵地。在这一点上，他比伏尔泰硬气，比拜伦清醒，比大仲马决绝，他是决意忍它百年孤寂，傲然千山独行，与敌手周旋到底。

李敖打算就这样斗斗斗一直斗下去吗？嗯，看起来，战略大体不变，战术却也在不断地调整。譬如，我们读他一九九七年写的"回忆录"，可以看到他的检讨。他说："我的悲剧是总想用一己之力，追回那浪漫的、仗义的、狂飙的、快行己意的古典美德与古典世界，但我似乎不知道，这种美德世界，如果能追回的话，还得有赖于环境与同志的配合，而二十世纪的今天台湾，却显然奇缺这种环境与这种同志。……"读他一九九八年写的"快意恩仇录",可以看到他对文化事业的重新定位:"你不必对陨石做什么,如果你不与陨石同碎";"还是做你的世界性普遍性永恒生命性的工作吧。"倘若问:什么才是他世界性普遍性永恒性生命性的工程呢?李敖回答就是清算一切人类的观念与行为,并作出结论。哇,这个题目好大!有人责疑:那你不成了上帝,不成了最后审判?!李敖解释:这不一样。上帝是从创造人类开场,到审判人类落幕,他管的是一头一尾;而我,是从中间杀出,负责清场,凡上半场发生的一切,都在甄别、核定、清理之列。所以,上帝尽可在最后审判我,但在那一天没有到来以前,我却要清算一切,包括上帝先生在内。——怎么这牛皮越吹越大,刚才还是五十年来五百年内的中国文坛,转眼就扩展到整个人类、全部发展史?!是吗,对别人,可能是这样,对他李敖,却不必这么看。到这份上,你总该明白,预支五百年新意也好,预画五千年、五万年蓝图也罢,只不过是李敖的一种脉冲式思维,一种煽情风格。李敖的所谓第一云云,客观说,应是人格凌驾学识,斗志超越才华。——他的最新惊人之举,以新党参选总统的资格,角逐二〇〇〇年总统大选,就是再好不过的证明!——至于文章,即便在他最为自负的白话文领域,他也称道过唐德刚、柏杨,认为两人的有些文章写得比他还好,足见其尚不乏自知之明。因此,对于李敖预言的惊世大作,我们不妨拭目以待。但同时,我却要强调:李敖的存在本身,未尝不是一篇恣情率性的白话文,值得他的一切亲者、仇者好好鉴赏、剖析。质之海内外方家,不知以为然否?

生命是热烈跳动的音符

　　一仰脖咽下三片安定，三片。第一片是谨遵医嘱，完全"计划经济"；第二片是为了加大催眠力度，属于"市场调节"；第三片是孙行者变化的金丹，趁乱混出瓶口，滑落喉咙，待到猛可惊觉，已然溜过食道，窜入胃腑，噬脐而莫及。这样也好，我反过来宽慰自己，平常服药，也许一片就解决问题，今夜不行，今夜是在万米之上的高空，波音777，钢铁的人造飞梭，扪天为近，窥地为远，在超尘拔俗的状态下，失眠者要想适应夜航的需要，尽快合拢眼皮，堕入梦乡，理应加大安眠的剂量——说不定，这就叫与星际接轨。

　　我的座位是六十九排 H，邻过道。左座是一位欧籍中年绅士，疏朗的褐发，瘦金的眼镜，衬以淡红的西服，浅紫的领带，透出一派高雅俊逸的神韵，偶尔与我交换一两句客套，感觉他的英语不是在说，而是在吟；他先前的阅读姿态——右手捏着放大镜，左手托着书——则令我想起《尤利西斯》的作者乔伊斯，不，乔伊斯的经典照片；此刻，"乔伊斯"先生双手交叉于小腹之下，脊背舒展，头略略向后偏仰，已然沉沉入梦，不知道他的梦境是否也呈"意识流"？前排的 A 座与 B 座，是一对苏州情侣，傍晚自上海登机以来，一直唧唧哝哝，卿卿我我，说不尽的情意绵绵，绵绵情意；即使深陷爱情谷地的他和她，当飞机进入夜航，灯光调暗，四周转寂，浓情蜜意也暂且收拾，相依相偎而眠。你再向前方扫描，扩而向整个机舱，芸芸空客，莫不遵从生物钟的指令，约束妄念，松弛神经，打盹的打盹，假寐的假寐；唯有我，独自睁着空洞的眼，望着更加空空洞洞的机舱，浮想联翩而又百无聊赖，明日的行程迫来，迫来，陌生的新大陆，环环相扣的紧密安排，由不得你眼睁睁地苦熬长夜，由不得你透支明日的精力，没奈何，只得取出随身携带的药瓶，求助于镇静剂的帮忙。

怪，服了药，脑瓜反而越发灵醒。纷纷往事，包括那些平日早忘得一干二净的，此刻却如通过另一条高空隧道，轮番叩击眼帘。过不尽的，逝川千帆，拂不去的，尘缘万象，六十年的生命仿佛被造物压缩成薄薄的一册，任你摩挲，任你翻阅，任你评注或剪辑，却不容有一丝一毫的篡改。

回头看：童年如月。月光下的《百家姓》，字字清晰，语语亲切。少年如诗。酿我的日月如缪斯樽中的美酒；一年三百六十日，连檐前的每根茅草，路旁的每朵野花，梦中的每颗星子，都系着一缕浪漫的吟魂。青年如风。风中有八千里路云和月。风中也有八千里路的荒废与失落。中年如弓。马作的卢飞快，弓如霹雳弦惊，那是古人的豪想。我无的卢。我仅挽我的血肉之躯作长箭，向着既定的目标瞄准。六十载沧桑。天地玄黄。星移斗转。山不转水转，水不转人转。一根无形的鞭子，抽，疯狂的陀螺。所谓文坛。所谓官场。所谓商海。海未枯而石已烂。天未荒而地已老。

天犹未荒。舷窗外，长长的机翼尽头，孤悬着一颗炫目的星子。众人皆睡我独醒，一星如月看多时。嗨——，这不是星！你看它体积愈来愈庞大，光芒愈来愈耀眼，它是陨石，一块来自外太空的碎片，正以雷霆万钧之势，穿越大气层，径直朝我坐着的窗口砸来。情况危急，我大喊一声，本能地抱住脑瓜。说时迟，那时快，但听霹雳一声巨响——宇宙倒悬，恒星塌缩，时间撕裂，空间扭曲！怎么样？怎么样?！还——好！陨石它并没有爆炸，我的脑瓜，我的意识，依然保持清醒；约莫过了三五秒，我张开手缝，偷眼试看，发现自己竟笼身于一片五色祥云。这是哪儿对哪儿？这究竟是怎么一回事？哦，嗯，记起来了，电光石火闪处，一切断了的神经重新吻合，死去的细胞集体再生，我不是谁，我就是陨石，陨石就是我，我是一粒来自外太空的生命。

别笑，信不信由你，我说的都是实话。亿载前，我来自鸿蒙的宇宙深处。我不是唯一，不是最先，也不是最后。我的生命绝对是一种天方夜谭的奇迹。人类于今探测太空，不过是重返久已失却联系的家园。悠悠苍天，莽莽大地，万古乾坤，弹指一瞬。我，一个火辣滚烫的灵魂，借各式不同的假面现身人世，混迹红尘。——曾记得，五千年外，伏羲犹在黄河岸边排演八卦，女娲犹在大荒山下熔炼补天石，黄帝和蚩尤尚未在涿鹿开战，射日的后羿、奔月的嫦娥也尚未从茫茫人海现身。那时节，我是谁？我又在干什么呢？不瞒你说，我就是那个逐日的夸父。故事你们大家都知道的了：那天太阳在头顶虚晃一枪，匆匆溜向西天，像是要去急着参加谁的葬礼；也就在那一刻，我痛恨起它的无赖，它的奸刁，发誓要把它抓住，钉在蓝天示众。太阳在前头跑，我拔足在后面追。天上的云彩纷纷躲避，地上的峰峦刷刷让路。瞬息千里。瞬息又是千里。追。追。追！追得太阳失魂落魄，一头栽向崦嵫。我一只手已经扯着太阳的光髭，眼看就要把它拽到怀里。这时，我突然感到口干舌燥，五内如焚，七窍生烟。你知道我是太累太累，加上太阳又太热太烫，不得已缩手停步，就地扑向黄河与渭水。黄河入喉一饮而尽，渭水也是一口吸干，而五脏仍然燥热，而嗓子仍然冒烟，今番口渴不同寻常，我擦把汗，又转身奔向大泽。大泽在雁门之北，它的水好宽好广，足够供我畅饮，可惜远水不解近渴，还没等我跑到，体内水分业已蒸发，血液也已灼干。啊，难道是天丧我，天丧我？天罚我毙在追逐的中途?!我大吼一声颓然栽倒，扑地之际，犹狠命向前掷出手杖——那杖落地生根，化作一片悲怆的桃林。

　　——又记得，两千年外，周礼既崩，秦政方兴，一代封建王朝大张旗鼓地拉开序幕。天涯海角的官员，俯首恭接始皇帝的圣旨；春秋战国各行其是的法律、度量衡、货币、文字，按照统一的规范重新编码。那是大专制的年代，三坟、五典被焚，八索、九丘遭禁。那也是大统一大作为的年代，东纳海疆，西收昆仑，南定百越，北却匈奴，万里长城在胡人胡马的瞳孔前逶迤如龙，威严如山。我来了，我从幽冥显影，托胎于一方青砖。此处长话短叙，孟姜女哭倒长城的故事，你一定听说过吧。问题是，长城既塌，范喜良的尸骸既现，那缺口却怎么也砌不拢，你前脚码上去多少块，后脚又必定垮掉多少块。工匠束手无策。大将蒙恬更是一筹莫展。节骨眼上，我托梦给蒙恬，让他亲自动手焙烧一窑新砖，而我，则乘机化为其中最方正厚实的一块。窑砖烧成，蒙恬从中一眼挑出我，率先砌上墙基，崩颓的长城顷刻耸立如初。

　　——千年外，我托生为什么来着？对不起，记忆在这儿有点紊乱，就像排列错误的电脑文件。哦，等等，想起来了，想起来了，千年前，我是西天取经的唐三藏。大伙甭听《西游记》胡侃，把我编派成神话故事的主角，说什么天差悟空、八戒、沙僧，助我一路成功西行。没有的事！我是凡夫俗子一个，几位徒弟也是常人。当然，《西游记》也遵循了一些基本事实，譬如说我俗姓陈，法名玄奘，又譬如说我是生活在唐初太宗之世。唐太宗你知道的吧，一部二十五史，太宗贞观之治，不啻是繁荣昌盛的代名词。繁荣来自革故鼎新，昌盛催生中外交流，我正是托这种大背景的庇佑，才一步一步地走出国门，走向西域。如果说中国是一匹神骏，我则从西方取来金鞍，好马配上好鞍，快马加鞭，四蹄生风！如果说中国是一株老槐树，我则从西土扦来菩提枝，千年老槐得着菩提的嫁接，越发根须如铁，枝叶如玉！

——百年前，鸦片战争的硝烟方燃，清王朝的大梦未醒，洪秀全的"拜上帝会"犹在暗中酝酿，林则徐正一步三回头，跋涉在流放伊犁的路上……而我，则随一艘英轮漂洋过海，远赴欧洲，化作贝多芬的《英雄交响曲》。你肯定想象不到，想象不到！哈，莫忘了我的灵魂，原本是一朵噼啪燃烧的火焰！什么？不对！让我再想想，再想想。嗯，不是不对，是有过那么一段，短暂，而又轰轰烈烈。贝多芬他老哥真够朋友，而且绝对知音知心。高山永远昂着头，树枝树叶一律向上生长，目随征鸿，手挥五弦，弦上是热烈跳动的音符。

——来生来世，我不愿再成为谁，也不愿再成为别的什么，唯愿，我是一粒自由的元素。在接纳我的这个椭圆的星球，我是展示骄傲美色的大海；在一碧万顷、横无际涯的海面，我是踩着芭蕾节拍的和风；在风里雾里，我是纵情浩荡的鸥鹭；在鸥鹭之上鲲鹏之乡，我是亘古不变的蓝天；在浩浩青冥，我是朗照大千的红日；在阳光如瀑的原野，我是东风第一枝的鲜花；在衣拂美人香的花丛，我是多情自在的蛱蝶，所谓"穿花蛱蝶深深见，点水蜻蜓款款飞""穷巷春风元不到，一双谁遣过墙来""幽人为尔凭窗久，可爱深黄爱浅黄"。……

……梦醒，隐约听得广播在说，飞机遇上了气流，有点颠簸，请各位系好安全带。哦，原来如此。我揉揉眼，窗外已从一片漆黑转为暗蓝，四周布满了旋涡状的烟云。云簇拥着而又躲闪着波音大鸟的劲翅，云诱惑着而又撕扯着我前世来生的幻象，也许在云的眼睛看来，一舱空客，正是一舱过境的神仙。